Al Llegar del Amanecer

Por Joseph Schiller

ISBN 979-8-9860275-4-8

Impreso en los Estados Unidos de América

Primera edición en español

Contribuciones
Editor de inglés: Nick Stead
Editora de español: Cinthy Veintimilla
Diseño y Maquetación de Libros: Morgan Giuge

Autora y Editor
Joseph A. Schiller
jaschiller1979@gmail.com
josephschiller.weebly.com
facebook.com/UpontheArrivalofDawn

A mi más dedicado apoyo.
Mi esposa, Cinthy.

"...encargado de llevar una lista, una lista de nombres de todas las almas nacidas de la Tierra, libros de nombres ad infinitum[2]. ¿Escuchas acaso tu nombre llamado en susurros tenues en la noche? No temas, pues recibirás paz eterna y los dioses te conocerán de nuevo. Ha llegado el momento de que el siervo divino del Cielo borre rápidamente tu nombre de las crónicas de la existencia. Sobre tu frente colocará su mano derecha. Y su nombre es Muerte, tu guía hacia lo desconocido."

Rollo de Papiro de Origen Desconocido - 2do Siglo A.C.

Capítulo 1

"El invierno de la vida puede ser, y generalmente lo es, difícil de aceptar, especialmente cuando uno es plenamente consciente de lo rápido que se acerca el crepúsculo, como suele ser el caso en la vejez. La ansiedad asociada puede ser particularmente intensa si uno se angustia por lo afectado que está en cuerpo y mente, y por lo tanto, por lo acelerado que será su eventual deterioro. ¿Por qué es así? Es porque la muerte, como estado o condición de ser, es lo que en última instancia define la mortalidad del ser humano, determinando el destino terrenal del hombre. Las almas malvadas y justas temen por igual su enfoque gradual. Cualquier persona que proclame que está preparada para el fin de su existencia corporal o bien se engaña a sí misma o intenta engañar a los demás.

Tal vez sea injusto que los benévolos, los justos, sientan alguna aprehensión. Después de todo, ¿no intentaron vivir sus vidas de acuerdo con algunos conjuntos de principios y valores comúnmente aceptados, pilares de una vida virtuosa? Estos individuos, si existen, deberían poder mirar más allá con corazones fuertes, poseyendo la confianza de que su circunstancia post-terrenal será todo lo que creyeron que podría ser. Sin embargo, no lo hacen. Para la mayoría, el abrazo de la muerte se siente igual, sin importar el mérito individual. Y ese sentimiento es aprensión."

✳✳✳✳✳✳✳✳✳✳

"Cof, cof, cof... cof, cof, cof", tosió Cyril, en uno de los cada vez más frecuentes espasmos matutinos que había estado teniendo. "Cof, cof".

Si estos hechizos disminuyeran, aunque sea por un momento, en realidad podría tener un momento de sueño pacífico, pensó para sí mismo con frustración. Estaba empezando a moverse incómodo en su cama, apretando los puños alrededor de toda la ropa de cama que podía agarrar. Los ataques se estaban volviendo mucho más severos y persistentes últimamente, una fuente de creciente preocupación.

4

Aunque Cyril es un caballero mayor, hasta hace muy poco se podría argumentar que había disfrutado de una salud notablemente buena para un hombre de su edad avanzada. Sin embargo, durante las últimas semanas, prácticamente había estado confinado a su cama, incapaz de superar un problema respiratorio. La condición de Cyril comenzó a cambiar de forma imperceptible, como un frío de principios de invierno, pero rápidamente se volvió algo mucho más grave. Postrado en la cama, su estado físico empeoraba gradualmente hasta el punto en que su familia se vio obligada a intervenir y cuidarlo a tiempo completo.

Cuando los esfuerzos colectivos de la familia para ayudarlo a superar su dolencia fracasaron, se enviaron varios médicos para intentar diagnosticarlo y tratarlo, sin éxito aparente. Al mismo tiempo, la familia, como es habitual en la mayoría de los seres humanos cuando se enfrentan a circunstancias similares, volcó más de su atención hacia una deidad en la que depositaron toda su esperanza colectiva, esperando que interviniera en su nombre y devolviera la salud a su ser querido. Aunque esperanzados, algunos miembros de la extensa familia de Cyril comenzaron a prepararse para lo que parecía inevitable: el fallecimiento de su patriarca. Por lo tanto, la familia buscó la presencia de hombres en quienes creían que podían interceder espiritualmente.

La visión que el ser humano tiene de su condición

física en la juventud suele ser de invencibilidad o infalib-
ilidad. Sin embargo, la muerte tiende a recordarnos cuán
verdaderamente frágil es la naturaleza de los organismos
celulares. La familia de Cyril, lamentablemente, solo podía
sentarse en vigilia día y noche, esperando desesperadamente signos de mejoría en su situación.

Cyril era atendido con el máximo cuidado y absoluta dedicación. No se escatimaban gastos ni comodi-
dades para proporcionar lo que cada vez se esperaba más
que fueran los últimos días, o tal vez horas, del anciano
de la familia. Si tan solo todas las personas en ese estado
pudieran ser atendidas con tal desbordante compasión y
devoción incondicional.

Un hombre querido por todos los que tuvieron el
placer de conocerlo, Cyril era, según la mayoría, un buen
hombre. Aunque llevaba, según todos, una vida modesta y
quizás ordinaria, era virtuoso y tenía cierto mérito en su
humildad.

Cyril no era una figura notable dentro o fuera de
su comunidad, como tampoco lo son otros que tienen un
éxito moderado en la vida. En lo que respecta al resto de
la humanidad, que se preocupa por adquirir más dinero o
posesiones a lo largo de la vida, él no era categóricamente
rico. Sin embargo, y debe enfatizarse, era más que respetado por los pocos afortunados que lo consideraban familia,
amigo y conocido.

Antes de este período más reciente en la vida de Cyril, en el que comienza esta historia, Cyril era simplemente un humilde relojero, construyendo y reparando varios relojes en su pequeña tienda ubicada debajo de los apartamentos familiares, a pocos pasos del centro de su pueblo. Sin duda, no era un oficio glamoroso o notorio, pero trabajando duro, pudo permitirse un sustento lo suficientemente cómodo para su modesta familia. Cyril era un buen proveedor y un hombre adorado por todos. Ahora su familia y amigos estaban devolviendo su amor y amabilidad con su propia adoración.

✱✱✱✱✱✱✱✱✱✱

La intensidad en la tos de Cyril se calmó lo suficiente como para permitirle respirar gradualmente con un poco más de estabilidad y con un poco menos de esfuerzo. Abrió lentamente los párpados y, con una tremenda angustia, se incorporó en la cama. Dadas sus condiciones frágiles, normalmente necesitaba la ayuda de alguien para mover su débil cuerpo de alguna manera. En esta ocasión, se obligó a sí mismo a hacerlo debido a un repentino sentido de necesidad. Sus numerosas úlceras por estar tanto tiempo en cama, una fuente constante de molestias, volvían a irritarlo, dejando su piel enrojecida y sensible al tacto. Reuniendo toda la fuerza que le quedaba, Cyril se apoyó en sus codos.

Con cuidado, girando la cabeza, Cyril escaneó lentamente su modesta habitación. Se percató de que había un pequeño tazón de comida cuidadosamente colocado sobre la mesita de noche junto a su alcoba. Por la apariencia de su contenido, parecía ser algún tipo de papilla y probablemente había estado allí por un tiempo. Cyril sabía que su esposa lo había visitado en algún momento anterior de la noche. A estas alturas, la papilla probablemente había perdido cualquier aroma o sabor.

La comida solía ser un placer, sin embargo, ahora se redujo a una dieta principalmente líquida. De hecho, a menudo tenía que obligarse a consumir lo que fuera preparado y actuar agradecido por ello. Miró el tazón durante varios minutos, incapaz de decidir si estaba lo suficientemente desesperado como para intentar comer, antes de ser nuevamente vencido por la apatía.

La fatiga a menudo evolucionaba rápidamente en somnolencia. Recostándose suavemente en la cama, esforzándose tanto como cuando se levantó, Cyril cerró los ojos en un intento de volver a dormir. En su corazón, hizo una rápida oración, suplicando desesperadamente por un sueño ininterrumpido; algo que no había disfrutado en varias semanas.

Acababa de empezar a quedarse dormido cuando algo lo sobresaltó y lo devolvió a la realidad, creyendo haber oído algo débil, algo parecido a una voz suave llamándolo desde la oscuridad de su habitación. Con el corazón palpitando casi fuera de su pecho, permaneció perfectamente inmóvil, conteniendo la respiración lo mejor que pudo mientras aguzaba el oído en busca de alguna pista sobre lo que lo había despertado. Después de varios momentos sin ningún ruido perceptible de ningún tipo, Cyril se convenció de que de hecho estaba equivocado.

Después de todo, esta vieja casa siempre hace ruidos inexplicables, pensó Cyril para sí mismo.

Era posible que uno de los muchos invitados que lo habían visitado recientemente hubiera descuidado cerrar una ventana antes de retirarse de la habitación. Ligeramente frustrado ante la perspectiva de pasar toda la noche escuchando el constante vaivén y movimiento de las cortinas por la brisa de la noche que se colaba en sus aposentos, Cyril cerró los ojos una vez más con una determinación renovada de obtener algunas horas más de reposo antes de que algo más lo despertara.

Estos pensamientos de descanso no habían llenado su mente cuando Cyril una vez más pensó oír el débil llamado que penetraba el silencio tan suavemente. Esta vez, sin embargo, la voz parecía estar pronunciando su nombre, como un susurro suave al oído. Con toda la intensidad que pudo reunir, Cyril intentó escuchar otra vez la voz. Su mente y corazón comenzaron a acelerarse una vez más, renovados con pensamientos dispersos. ¿Era esta voz percibida simplemente imaginaciones de un hombre enfermo? Él nunca fue alguien que creyera en fantasmas o espectros, pero se encontraba cuestionando cuán firmemente no creía. No se decepcionó cuando varios segundos después, como el paso de una suave brisa de primavera por el rostro, y aun así casi imperceptible, Cyril quedó convencido de que había escuchado de manera inconfundible su propio nombre llamándolo desde un rincón aún indeterminado de su habitación.

"Cyril..."

"¿Quién está ahí?" Cyril gritó tan fuerte como pudo hacia el vacío de la habitación, casi atragantándose con sus propias palabras.

Estaba comenzando a sudar bastante, con el sudor formando gotas en su frente, mientras su ritmo cardíaco empezaba a acelerarse fuera de control dentro de su frágil cuerpo. Intentó calmarse nuevamente tratando de convencerse de que la voz que creía haber escuchado no era más que un síntoma de un anciano senil que necesitaba desesperadamente descansar. Después de todo, estaba extremadamente enfermo y cualquiera en su condición particular podría ser perdonado por tener episodios periódicos de delirio.

"Sí, eso es precisamente lo que estoy experimentando. Estas son simplemente alucinaciones causadas por mi condición debilitada. Mi pobre cuerpo está tan cansado. Cuanto antes comience mi descanso eterno, mejor", declaró Cyril entre dientes.

Su mente divagó durante unos momentos. El reconocimiento instantáneo y al mismo tiempo aterrador de que había algo como una mano descansando suavemente en su hombro izquierdo lo trajo de vuelta. "¿Quién está ahí?", llamó nuevamente.

Un escalofrío recorrió inmediatamente sus nervios. Temiendo moverse ni siquiera un milímetro, permaneció absolutamente inmóvil durante lo que pareció una eternidad. El ritmo cardíaco aumentaba constantemente y el sudor frío volvía con mayor intensidad. Finalmente, Cyril reunió el poco coraje que tenía y, con dolor, inclinó ligeramente la cabeza hacia su lado izquierdo para ver a quien o lo que fuera que había agarrado su hombro. Sus ojos, finalmente adaptados a la ausencia de luz, se posaron en una figura desconocida ubicada a su izquierda, y todo el ser de Cyril se congeló en un shock debilitante. El terror lo invadió instantáneamente al reconocer a la figura que se movía para sentarse junto a él en su cama. Terror, porque tenía una impresión igualmente fuerte sobre por qué este visitante estaba presente.

Este estado de parálisis duró lo que Cyril sintió como una eternidad. Temía y se negaba a moverse, a parpadear, a respirar o incluso a hacer un sonido. Deseando desesperadamente creer que en realidad solo estaba soñando, intentaba convencerse de que en cualquier momento algo finalmente lo despertaría; que lo que estaba experimentando no era más que un mal ataque de histeria. Los ojos del personaje, sin embargo, permanecían fijos en los suyos, ninguno apartándose del otro.

Fue el espectro quien finalmente rompió el silencio.

"Me reconoces, ¿verdad?" susurró retóricamente la figura con una voz casi inhumana. "Sabes de mí y tienes fuertes sospechas de por qué estoy aquí exactamente. ¿Estás sorprendido?"

A pesar de la solicitud, Cyril no hizo ningún esfuerzo por responder de ninguna manera a la indagación. Aunque no era consciente exactamente de por qué, había un extraño e instintivo reconocimiento de que este ser seguía a su lado. En consecuencia, estaba empezando, de forma intuitiva, a reconocer el propósito de esta misteriosa visita, y, por lo tanto, se mantuvo decidido a no responder.

"Es perfectamente comprensible que te resistas a responder", dijo el extraño visitante en un intento por romper el silencio.

El desconocido miró a Cyril con una mirada casi suave, inclinando ligeramente el cuello hacia un lado mientras lo hacía. "Al hacerlo, crees que finalmente estarías reconociendo mi presencia. Y, al no responder... bueno, ¿qué esperas que sea el resultado? Por mucho que te

gustaría convencerte de que estas sensaciones, tanto au-
ditivas como visuales, no son más que el producto de tu
estado físico debilitado, en el fondo de tu ser sabes que es
pura tontería. Sí... puedo leer tus pensamientos y tus sentimientos, al igual que puedo hacerlo con todos los de tu
especie."

Cyril intentó distinguir completamente las características de este personaje. Aunque no logró discernir con
precisión nada en concreto, pudo captar algunos rasgos
físicos vagos. Sin embargo, no estaba seguro de si sus ojos
lo estaban traicionando. No obstante, la entidad sentada a
su lado parecía ser un hombre relativamente joven, aunque era difícil estimar su edad. Según lo que Cyril podía
reconocer, sus rasgos eran suaves, tranquilos, con una in-
ocencia casi infantil. De hecho, sus características tenían
una cualidad casi desarmante. Cyril se quedó mirando
esos ojos que lo observaban profundamente. No importaba
que no pudiera ver claramente al espectro. Podía sentir la
intensidad en esa mirada; podía percibir cómo los ojos del
espectro nunca perdían su enfoque ni por un instante. Sin
embargo, también percibía lo que parecía ser una sonrisa
lo suficientemente amistosa.

Después de unos segundos, cuando la figura misteriosa se aseguró de que Cyril estaba completamente atento,
continuó: "¿Sabes por qué me reconoces?"

"No." Salió como un tartamudeo, traicionando el

persistente estado de terror absoluto en el que Cyril se encontraba.

"Eso no es del todo cierto, ¿verdad? Sentiste mi presencia en el mismo instante en que entré a esta habitación. Tu energía fluyendo a través de ti es tan familiar para la mía como la mía lo es para la tuya, como también lo es para el resto de tus hermanos y hermanas mortales. Porque todos somos parte de la misma fuerza creadora, ¿no es así? Tu espíritu, por así decirlo, reconoció la presencia de una fuerza que, al igual que la mía, creó de manera similar tu existencia", agregó el misterioso invitado.

El espectro sonrió a Cyril, casi cálidamente. "Percibo una ansiedad aumentada en ti. No hay necesidad de sentir tanto miedo. Está en paz."

Hubo una pausa bastante larga antes de que alguno dijera algo más. Cyril encontró imposible calmar su corazón y su mente, aunque no sin intentarlo. A pesar del llamamiento del extraño visitante a mantener la paz, Cyril sentía fuertemente que esas palabras no eran genuinas.

Finalmente, Cyril cedió y se aventuró en una conversación con toda la valentía restante que tenía. "¿Es este el fin de mi tiempo?"

Sin ninguna duda, la voz del espectro respondió afirmativamente. "Sí. Aunque ya anticipaste que respondería así".

"Yo suuu...supongo que llll...lo hice", dijo Cyril con

un tono tembloroso propio de un hombre que empieza a aceptar y reflexionar sobre su destino.

"Cyril, trata de tranquilizar tu corazón y tu mente", sugirió el espectro. "Todos los arreglos han sido hechos para ti."

En ese momento, Cyril notó que el semblante del visitante comenzaba a cambiar, oscureciéndose e hinchándose como sombras alargadas. Una sonrisa siniestra se formó gradualmente en el rostro del visitante. Cualquier paz y calma que Cyril pudo comenzar a sentir previamente en su corazón desapareció rápidamente y fue reemplazada de inmediato por un renovado sentido de angustia y horror. Su primer instinto fue usar la fuerza efímera que pudiera reunir para huir de su habitación en busca de ayuda, o llamar a su familia que estaba en otro lugar de la casa. Sin embargo, su condición era simplemente demasiado frágil para cualquier intento de explosión o escape. También le resultaba igualmente difícil elevar su voz más que un susurro. Mientras tanto, la entidad simplemente se sentó y lo observó luchar, mirándolo con una mirada cada vez más maliciosa de disfrute en su rostro.

El desconocido se levantó lentamente de su posición sentada en la cama y una vez más se colocó al lado de Cyril. Caminó con gran determinación hacia la ventana, casi deslizándose mientras lo hacía, antes de tomar finalmente una posición al frente de la habitación, mirando hacia la

calle vacía debajo. Hizo una pausa, mirando hacia la oscuridad de la noche, como si obtuviera fuerza de ella. Permaneció así, observando en silencio durante varios minutos.
Cyril estaba tan aterrorizado que no podía hacer nada para
romper ese silencio. Parecía que este ser había sido enviado para llevarse su alma y reunirse con su creador. Lo que
no podía entender era por qué se sentía tan mortificado en
lugar de estar eufórico.

Mientras seguía mirando por la ventana, la terrible
figura dijo: "Hay varias preguntas que has elegido, hasta
ahora, no hacerme. Quizás tengas miedo de las respuestas."

Cyril tardó un momento, pero eventualmente logró
articular una de las preguntas que rondaba en su corazón.
"¿Voy... voy al cielo o al infierno?"

El invitado en la alcoba de Cyril respondió con una
breve risa - una carcajada diabólica. Aunque breve, la risa
revelaba una naturaleza intensamente demoníaca. "Innumerables generaciones han luchado con preguntas tan
vanas".

Cyril empezaba a pensar que su corazón se iba a
rendir solo por hablar con este espantoso espectro. *¿Es por
eso por lo que la criatura ha venido a visitarme? ¿Para
acelerar mi muerte?* Se estremeció y el visitante cada vez
más aterrador se rió. Percibió que la terrible figura estaba
obteniendo más placer de su creciente ansiedad y miedo.

"Te he tenido en mente durante algún tiempo", dijo

el desconocido. "Has llevado una vida más que digna para que la energía de tu alma regrese a la fuente, los orígenes de toda creación, o el cielo, aquello a lo que los seres corpóreos comúnmente se refieren como vida después de la muerte". Emitió otra risita malévola, mientras mantenía su mirada fija en la ventana. "Sin embargo,... tengo otros planes para tu alma en partida".

Cyril quedó una vez más atónito, incluso paralizado, con un miedo indescriptible. Una oscuridad se apoderó de los rincones más profundos de su corazón. Le tomó varios minutos recuperar mínimamente sus facultades.

"Qui... ¿quién eres?" preguntó, temblando y jadeando incontrolablemente en este momento.

Cyril se sorprendió cuando su visitante no respondió. Estaba a punto de repetirse cuando pensó escuchar un repentino sonido apresurado desde afuera de la ventana del dormitorio; el tipo de ruido que hace una ráfaga fuerte de viento otoñal. Un viento, que, por su sonido, se acercaba rápidamente. Girando ligeramente su oído hacia la dirección de la perturbación, Cyril ahora pensó que tal vez el ruido no se parecía en absoluto a un viento, sino al aleteo de miles de pares de alas, acompañado de chillidos cada vez más fuertes e incomprensibles. Y su terror se incrementó mil veces.

De repente, y sin previo aviso, el espectro se volvió hacia Cyril. Esos intensos ojos brillaban con malicia mien-

17

tras respondía fríamente: "¡Soy... el Tomador de Almas!"

Sin vacilar, la forma diabólica abrió de par en par la ventana del dormitorio para permitir la entrada de una inundación de demonios; terribles espíritus llamadas Keres convocados con el propósito de devorar almas. Por orden suya, las Keres se pusieron rápidamente a trabajar para arrancar la energía vital de Cyril de su cuerpo mortal. Su alma gritó en un dolor tremendo y espantoso, un grito que llegó a cada rincón concebible del tiempo y el espacio de la Creación.

$$********** $$

Pronto se hizo presente el silencio. No quedaban rastros discernibles de ninguna actividad en el apartamento de Cyril; ninguno, excepto el frío y sin vida cuerpo de Cyril yaciendo en su cama. Uno podría haberlo confundido con un sueño profundo y permanente, de no ser por el terror de sus últimos momentos congelado en su rostro sin vida, los ojos mirando fijamente a sus torturadores y la boca abierta en un estallido silencioso.

Capítulo 2

El dormitorio de Cyril, y la totalidad de su casa, permanecieron absolutamente quietos hasta bien entrada la madrugada. Ni un alma se movió durante la noche. El invierno había comenzado a revelarse en el frío creciente, tomando una fortaleza cada vez mayor sobre el paisaje, dejando ocasionalmente sus besos helados sobre lo que habían sido, en la mortalidad de Cyril, los cristales de las ventanas de sus habitaciones. Si bien el cielo de la mañana aún mostraba algunas estrellas restantes que brillaban en su firmamento, una fina capa de tenues nubes se había deslizado lentamente y las estaba ocultando gradualmente de la vista. Solo se permitían vislumbres periódicos del maravilloso cielo. Normalmente, la escena se habría descrito como tranquila, sin revelar signos del mal que había ocurrido antes.

✳✳✳✳✳✳✳✳✳

Otra figura sombría apareció a los pies de la cama de Cyril, respirando hondo y profundamente, y mirando detenidamente los restos fríos del difunto mientras yacía eternamente inmóvil sobre un revoltijo de sábanas arrugadas. La figura apoyó las manos suavemente sobre el estribo, agarrándolo ligeramente mientras frotaba periódicamente con las palmas de las manos la suave veta lacada del marco de madera, casi como si entrar en contacto con la textura de los muebles produjera una sensación completamente nueva que este visitante aún no había tenido el placer de experimentar. Las miradas del extraño cambiaron lentamente, comenzando por el marco de la cama de Cyril y moviéndose por la pequeña habitación, escaneando la escena metódicamente, fijándose en momentos, solo para volver de nuevo a escanear. No se pasó por alto ningún rincón de la habitación; cada punto recibió la misma atención y se analizó minuciosamente. Después de hacer un estudio rápido, pero cuidadoso, de los alrededores, dio la vuelta al lado derecho de la cama y se detuvo junto al cadáver de Cyril.

Inclinándose hacia los restos de Cyril, el extraño

levantó y colocó su mano derecha suavemente sobre la frente del cadáver, frotándola con mucha delicadeza varias veces. El calor que poseía el cuerpo mortal de Cyril en un momento ya no irradiaba a través de estos restos mortales. La figura continuó esta acción de roce durante varios minutos, mirando al difunto desde arriba, lleno de sinceridad y ternura. Si alguien estuviera en la habitación para presenciar la escena, no sería culpado por creer que el misterioso invitado es un amigo íntimo. Sin embargo, el semblante del misterioso invitado pronto cambió a uno de grave preocupación, incluso de profunda angustia. Su clarividencia le permitió comenzar a ensamblar la línea de tiempo de los eventos que habían tenido lugar antes de su llegada. La evidencia preliminar que se pudo derivar sugirió que alguien, o más correctamente, algo, había reclamado y consumido la energía que una vez animó la forma de Cyril. Si se confirma, esto posiblemente podría sugerir que una esencia o esencias cósmicas habían violado su encargo sagrado y, por lo tanto, el santo credo celestial mismo. Tal circunstancia planteó numerosas e inquietantes preguntas y dilemas difíciles para el visitante; preguntas para las cuales, reconoció, las respuestas deben recopilarse a toda prisa.

El visitante comenzó a moverse una vez más por la alcoba, paciente, metódicamente, como si fuera una especie de detective, intentando olfatear las pistas dejadas en la escena de un crimen. Sintió fuertemente que debía revisar el apartamento una vez más. Cada pequeño detalle, incluso el aparentemente insignificante, atrajo toda la atención del extraño. Un observador casual de la escena no habría notado nada fuera de lo común; sin embargo, esta figura fue meticulosa porque no buscaba evidencias puramente físicas, sino más específicamente, buscaba los ecos etéreos dejados atrás, que solo son perceptibles por un conjunto selecto de esencias.

El Eco Etéreo, o el rastro continuo que dejan todas y cada una de las perturbaciones cósmicas, es el registro continuo de lo que ha tenido, es y tendrá lugar en cualquier momento dado en el tiempo y el espacio a través de este vasto universo expansivo. Estas reverberaciones son como instantáneas junto con las líneas de tiempo del Cosmos. Las firmas energéticas de todos los seres vivos bordan constantemente el tejido del espacio y el tiempo con los momentos de sus existencias. El extraño examinó el apartamento en busca de esas mismas señales de lo que había ocurrido con gran propósito e intención. Lo que se desarrolló ante él lo perturbó considerablemente más de lo que podría haber imaginado en todos sus interminables siglos de existencia.

Lo que el ser fue capaz de descifrar poco a poco fue un evento de indecible maldad; uno en el que Cyril sufrió un destino horrendo. Un alma que una vez estuvo desti-

nada a que su energía vital regresara pronta y honorable-
mente al estado de creación original luego de su eventual desaparición, fue eliminada prematuramente, devorada
por espíritus malditos y, por lo tanto, colocada en un limbo
eterno, esclavizada para convertirse en una sirvienta del
mal. El forastero no podía entender por qué había sucedido algo tan cobarde, desconcertando cualquier intento de
formular una explicación coherente. Claramente, las Keres
[3]habían estado presentes y eran culpables de las atrocid-
ades que ahora estaba obligado a investigar. Sin embargo,
el por qué y *qué había* detrás del acto no estaban del todo
claros y, por lo tanto, eran los aspectos más inquietantes de
la próxima investigación.

    La entidad transitoria se sentó por un momento en
una silla en un rincón lejano de la habitación, tratando
de procesar todo. Volvió a preguntarse qué podría haber
detrás de tal acto, como le reveló el Eco Etéreo. Porque las
Keres no querían ni podían devorar el alma de alguien
del plano físico sin que un sirviente divino se los hubiera ordenado primero, cuyo deber era escoltar a las almas
malvadas al abismo cósmico más allá de la nada. Incluso
si esto fue lo que ocurrió, debe ser un mortal considerado
malvado para que un agente cósmico y las Keres estén involucradas. Porque era responsabilidad y directiva de este
misterioso visitante, y solo suya, ayudar a las almas de
los justos escoltándolas a una reunificación de la energía

de la vida con la de la Creación. Habría escoltado a Cyril a la otra vida cuando el Universo determinó que el tiempo debidamente designado era el final de Cyril. Algo, por tanto, dirigió a las Keres a arrebatar el alma de un ser justo contra la Ley de la Eternidad, sugiriendo ideas insondables para este compañero misterioso.

Lo que hizo que esta escena fuera aún más inquietante no fue solo la naturaleza espantosa o cuestionable de lo que se grabó en Eco Etéreo. Por el contrario, este no fue el primer caso de este tipo; el extraño estaba al tanto de la evidencia que sugería incidentes similares en los que las Keres habían devorado almas justas, y estos ocurrían con una frecuencia cada vez mayor en toda la Existencia. El aumento fue tan alarmante que comenzó a llevar al huésped, un ser generalmente por encima de los sentimientos terrenales de miedo y ansiedad, a asustarse marginalmente por lo que implicaba este mal creciente. Todo lo que se podía suponer hasta ahora era que claramente había habido una presencia constante de malevolencia en el reino terrestre, una proporción injusta de maldad.

El misterioso personaje, mientras hacía una última pasada por los pequeños confines de la habitación de Cyril, se prometió a sí mismo y al sagrado oficio que fielmente desempeñaba, llegar al fondo de las desconcertantes muertes de tantas almas decentes.

"¡Yo, Azrael, el Escolta divinamente ordenado de las

Almas Justas, perseguiré a cualquier esencia que sea responsable de causar un desequilibrio tan peligroso entre el bien y el mal en el Universo, y traeré justicia en todo el Cosmos![4]" se prometió a sí mismo cuando finalmente abandonó la escena. "Soy yo, y solo yo, el que ha sido elegido en lo alto para recuperar las almas de las criaturas justas y guiarlas de regreso para que se conecten una vez más con la energía de toda la Creación. No se debe jugar con esta sagrada responsabilidad". Habló con tanta convicción; era como si las mismas sombras temblaran ante él.

✶✶✶✶✶✶✶✶✶

Hubo una vez, registrada en los anales del Cosmos, cuando la esencia conocida como Azrael era mucho más que un ujier de almas[5] fallecidas. En un punto a lo largo de la línea de tiempo infinita del Universo, Azrael fue uno de los hijos elegidos de la Creación; miembro del Consejo de la Luz, o Consejo de los Serafines. A pesar de su elevada posición como señor inmortal de la Eternidad, tenía una debilidad: sus sentimientos por una mujer mortal. Azrael había sucumbido a sus encantos, una estricta violación de la Ley de Disonancia. Se presentaron cargos ante el Consejo de la Luz, y Azrael finalmente fue expulsado del Consejo, habiendo sido declarado culpable de violar la Ley de la Disonancia. Por lo tanto, se determinó que su esencia debía reducirse a habitar un cuerpo terrestre y, por lo tanto, imperfecto, la forma misma que había provocado su debilidad, para empezar. La primera parte de su castigo eterno fue que tendría que vivir una existencia mortal, experimentar todo el dolor, el sufrimiento y la lucha con ello.

Azrael viviría su experiencia humana con la mujer mortal de la que se había enamorado y el hijo que habían concebido juntos. Obtuvo un pequeño grado de reconocimiento como un médico humilde pero consumado, tratando desesperadamente de ayudar a sus amados terrestres a engañar a la muerte.

Después de envejecer entre las razas mortales que tanto adoraba, Azrael sufrió para sentir la agonía de la muerte antes de finalmente regresar a la Creación. Fue entonces cuando el Consejo dictó la parte final de su castigo. Se determinó que Azrael serviría las necesidades de la Creación por la eternidad. Su esencia estaba sentenciada a recoger las almas pasajeras de los seres mortales y devolverlas a la energía de todos los comienzos Cósmicos, completando así su humillación, pues su vergüenza sería para siempre su intimidad con el sufrimiento mortal y la muerte; experimentar toda la angustia, la pérdida y el miedo con el más doloroso de los sacramentos. Cuando los nombres de los seres terrestres de todo el Universo se leen en los pasillos de la Eternidad desde la Tabla del Destino, o Registro Cósmico, Azrael debe acelerar la llamada para recoger el hogar de esos espíritus.

Por la Eternidad, Azrael seguirá cumpliendo penitencia. Con el poder sagrado que le otorgó la Palabra de la Muerte[6] con el fin de cumplir su sentencia y permitirle el dominio sobre el plano terrestre de la existencia, Azrael puede así moverse libremente entre la Creación y lo creado[7].

Capítulo 3

En la profundidad del crepúsculo, permaneciendo inmóvil bajo la protección de un toldo del segundo piso durante un aguacero nocturno tardío, Azrael contemplaba perezosamente a corta distancia. Se había posicionado a pocos metros de distancia, al otro lado de un estrecho callejón empedrado, frente a una casa bastante humilde y tranquila. No había nada notable en la estructura ni en su modesta fachada de entramado de madera. Había cientos iguales en este pueblo. Azrael prestaba muy poca atención a la mayoría de lo que veía, ya que su enfoque estaba en algo completamente distinto.

No se podía ver a ninguna persona paseando por el vecindario; no había absolutamente ninguna señal de vida al aire libre. Por lo tanto, Azrael pudo pasar desapercibido por completo mientras se colocaba en el pasadizo. Como era común durante condiciones climáticas tan malas y a esa hora de la tarde, los habitantes del pueblo optaron por quedarse cómodamente en el interior de sus hogares; prefiriendo mantenerse secos y relativamente cerca de las brasas restantes del fuego de cocina en el hogar para mantenerse calientes. A pesar de ser una tarde de finales de verano, la lluvia hizo que la temperatura cayera considerablemente. Uno podría incluso decir que hacía frío. Aunque Azrael no se veía afectado por sensaciones temporales como la temperatura del aire, consideraba lo agradable que se había vuelto la noche como resultado del paso de la lluvia. La lluvia, pensó para sí mismo, siempre tiene un maravilloso efecto purificador. Ser inmortal no impedía a Azrael reconocer plenamente y, por lo tanto, apreciar las diversas maravillas de la Creación.

A pesar de la ausencia de todas las fuentes de luz exteriores, su distancia relativa desde el hogar y la lluvia cada vez más intensa, Azrael pudo mirar claramente a través de una de las pequeñas ventanas del segundo piso que daban a la calle. Aproximadamente media docena de velas estaban colocadas en los alféizares de las ventanas, parpadeando mientras iluminaban los confines del apartamento, lo suficiente para aquellos presentes en el interior. Él pudo observar lo suficiente para presenciar una vigilia extremadamente emotiva alrededor de un miembro moribundo de su familia, la matriarca del hogar. Una docena aproximada de seres queridos habían tomado diversas posiciones alrededor de la cama de muerte y, a lo largo de la humilde habitación del alma que pronto partiría, la reunión mostraba toda la gama de emociones comunes que uno podría esperar en una ocasión tan solemne.

El visitante no deseaba llamar la atención sobre sí mismo y estaba muy decidido en mantenerse completamente inadvertido. Sin embargo, tenía la intención de mantener su vigilancia sobre la casa, confiando en que nadie lo molestaría mientras lo hacía.

Durante varias horas, Azrael permaneció pacientemente, sin apartar la mirada ni por un instante de la recámara de la mujer moribunda, ni de sus familiares y amigos devotos que aún permanecían a su lado. Permaneció el tiempo suficiente como para que la lluvia comenzara y se detuviera varias veces antes de cesar por completo, y finalmente, las nubes de lluvia se alejaron, revelando en su partida un brillante cielo nocturno lleno de estrellas brillantes.

Dentro de la modesta habitación en la que reposaban los restos marchitos del ser mortal, la familia y amigos presentes continuaban como lo habían hecho durante los últimos días, esperando devota y pacientemente en una ansiedad insoportable lo inevitable, que sería el último momento de su matriarca en este plano terrenal. Se ofrecieron muchas oraciones, se contaron y volvieron a contar recuerdos maravillosos, se derramaron cálidas lágrimas y se compartieron sentimientos de una tristeza tremenda. Azrael recordó que escenas como estas, a las que tenía el privilegio de haber presenciado a lo largo de la vastedad del espacio y el tiempo infinitos, rara vez diferían de alguna manera discernible entre sí. Sin embargo, se dio cuenta de que las profundas emociones expresadas en estos últimos momentos de la vida física del hombre mortal eran algunos de los aspectos más preciados de servir en el reino terrenal. Esas emociones podían ser tan intensas que Azrael sentía que cada experiencia con ellas solo lo ataba aún más con otro lazo de simpatía.

Mientras algunos invitados visitaron solo para tener un último momento con la mujer moribunda, aquellos más cercanos a ella se mantuvieron como figuras constantes alrededor de la casa. Algunos se ocupaban como podían, atendiendo a su amada moribunda, preparando alimentos para los presentes o simplemente manteniendo la tonta esperanza de que al estar presentes las circunstancias mejorarían milagrosamente de alguna manera. Así fue como la escena se mantuvo durante un tiempo, hasta bien entrada la noche.

"Qué cruel debe parecer la muerte para los seres corpóreos, vivir un período de tiempo relativamente corto solo para que esa experiencia en la existencia se termine después de haber parecido recién comenzar. He escuchado los pensamientos de millones de criaturas que preguntan: '¿Cuál es el propósito de haber sido creados, o incluso de vivir, solo para que esa vida se extinga al final? ¿Cuál es el mayor significado de la vida?'. Lo que la humanidad no se da cuenta, sin culpa propia, es que esas son las preguntas equivocadas. Lo que estos seres simples deberían preguntarse a sí mismos es: '¿Está la Creación sujeta a nociones como *el propósito* o *el significado*?'. La respuesta es *no*. El *propósito* y *el significado* son construcciones cognitivas desarrolladas por criaturas que no tienen una base o medios para comprender plenamente los espectaculares misterios del Cosmos y que desean desesperadamente conocer esas respuestas. Desafortunadamente, en su desesperación, cualquier respuesta razonable los satisfará. La Creación simplemente es.

"Seres inteligentes de todas las partes del Universo han desarrollado diversos sistemas de creencias, explicaciones, teorías y mitologías en un intento de formular de alguna manera una comprensión coherente de la Creación y el Cosmos mayor. Cada organismo terrestre, por su parte, siente inherentemente una conexión inconfundible con la energía colectiva de la cual una vez fue concebido, y, por lo tanto, cada ser busca comprender exactamente qué es esa conexión. A lo largo de los milenios, algunos han afirmado hablar con o en nombre de deidades, o una deidad, en forma de revelación divina como algún tipo de mensajero elegido. Otros han proclamado tener la guía de un espíritu santo o de un ángel visitante. Sin embargo, todas esas personas, sin darse cuenta, están equivocadas por su anhelo de respuestas y, en algunos casos desafortunados, por un deseo insensato de engañar a otros con falsas promesas sobre la naturaleza de la Existencia. La Existencia simplemente es.

"Es en la muerte cuando las entidades mortales finalmente se enfrentarán cara a cara con la realidad última de que su existencia terrenal es en realidad una colección de energías que, juntas, se combinan para crear constantemente nueva vida. La muerte de una criatura mortal es solo una continuación de la vida. El Cosmos es una aglomeración de energía cruda. Combinada, esa energía es la Creación, y la Creación es el fundamento de la Existencia. El hombre no es más que un subproducto del resultado aleatorio de la Existencia. Al morir, la energía que en algún momento sostuvo la vida de una persona regresa a la fuente de toda esa energía: el Cosmos. Las energías del universo siempre han sido, siempre son y siempre serán. El Cosmos simplemente es.

"Si las criaturas a lo largo de la Existencia pudieran comprender plenamente su parte infinitesimalmente pequeña en el ciclo cósmico más grande, tal vez dejarían de ocupar sus corazones y mentes con tonterías y, en cambio, elegirían vivir el breve período que tienen en la existencia en consecuencia. Todos ellos son parte de algo inexplicablemente notable."

✱✱✱✱✱✱✱✱✱✱

Era muy temprano en la mañana antes de que los miembros de la familia, fieles y vigilantes finalmente comenzaran a retirarse. Estaban claramente exhaustos por el prolongado período de atención. Uno por uno encontró algún lugar donde finalmente acostarse para descansar unas horas. Azrael, por su parte, siguió esperando pacientemente, como lo había hecho toda la tarde anterior, a que la habitación de la mujer moribunda se despejara de sus invitados.

Una vez que Azrael pudo asegurarse de que la habitación estaba completamente vacía, se transportó dentro, tomando una posición, como era su costumbre, al pie de la cama del cuerpo mortal que pronto fallecería. Azrael se quedó quieto, eligiendo simplemente contemplar con anhelo el frágil cuerpo de la mujer que se iba, reconociendo para sí mismo lo genuinamente amable que era como persona y lo plena que había vivido su vida.

A medida que las nubes restantes en el cielo seguían alejándose después de haber derramado sus últimas lágrimas, la brillante luz de la luna brillaba cada vez más sobre la hermosa ciudad. Una porción de esa radiante luz lunar se filtraba a través de las ventanas del apartamento, que hasta ahora había sido el centro de tanta atención de Azrael, iluminándolo lo suficiente como para que la luz de las velas ya no fuera necesaria. El cuerpo de la querida mujer moribunda yacía en un resplandor opaco, el efecto surrealista de la luz de la luna reflejándose en su piel cada vez más pálida. Azrael pensó para sí mismo: *Pronto, mi criatura más querida, tendrás el privilegio de reunirte con esa misma luz que ahora brilla sobre ti, volviendo a la gloriosa energía de la cual surgiste. No puedo evitar envidiar el descanso eterno que pronto comenzará para tu existencia.*

✳✳✳✳✳✳✳✳✳

Después de un tiempo hubo un mínimo movimiento dentro de la cama. La mujer moribunda comenzó a mostrar señales, casi imperceptibles al principio, de despertar de lo que había sido un profundo sueño. Si los miembros de la familia que residían en ese momento hubieran sido conscientes de esta actividad reciente de su ser querido, sin duda no le habrían creído a sus propios sentidos. Su amada matriarca había estado prácticamente sin respuesta durante varios días seguidos, sin mostrar indicios visibles de vida aparte de un aliento muy débil. Inicialmente, no fue más que un simple movimiento de un dedo. Con el tiempo, sin embargo, la mujer se revolvía suavemente. Su conciencia general aumentaba con cada momento que pasaba de vigilia.

Decidiendo inicialmente mantener los ojos cerrados por el momento, mientras continuaba ajustándose gradualmente a la conciencia, inclinó ligeramente su oído derecho hacia el centro de la habitación.

¿Qué fue ese sonido?, se preguntó a sí misma mientras luchaba por escuchar en el silencio. Creía firmemente que algún tipo de ruido era responsable de despertarla. *Debe haber sido algo*, pensó. También había una sensación repentina, pero inequívocamente agradable, de calma y paz que se iba apoderando lentamente de ella. Sin embargo, seguía preguntándose a sí misma: *¿Qué había sido tan poderoso como para perturbarme de un estado como este?*

No, se dijo a sí misma. *Debe ser algo sin importancia, nada más que alboroto causado por uno de los muchos miembros de la familia que he percibido débilmente, yendo y viniendo.*

En ese mismo instante, la mujer creyó escuchar otro débil sonido de un susurro inaudible que llegaba hasta ella desde una esquina al otro lado de la habitación. No podía diferenciar claramente, por supuesto, si realmente escuchaba algo o si, en cambio, sentía algo. Quizás estaba experimentando ambas sensaciones simultáneamente. Luego, sucedió nuevamente, aunque esta vez un poco más pronunciado y distinguible que antes.

"María..."

Si bien ella admitió completamente que posiblemente solo estaba sufriendo de una percepción deficiente, especialmente en su estado de delirio ocasional, cada vez se volvía más obvio para la matriarca moribunda que en realidad estaba escuchando su nombre. Y, sin embargo, no había forma de que eso fuera posible.

"María..." su nombre parecía ser llamado, periódicamente. Después de varios minutos de escuchar únicamente en busca de la fuente del susurro misterioso, abrió los ojos, luchando torpemente al principio, pero eventualmente obteniendo la exposición óptica completa de su entorno. Había esperado que sus ojos, aunque fallaban debido a la vejez, pudieran ayudarla mínimamente a identificar la fuente de la voz aún no identificada que creía estar escuchando.

¿Quién está llamando mi nombre? Su mirada continuaba vagando por la habitación lo mejor que podía en su frágil estado, en la oscuridad casi total, tomándose su tiempo para abarcar cada rincón de la habitación. Sin embargo, se vio obligada a llegar a la conclusión inicial de

que no había nadie ni nada en la habitación.

"María..."

El miedo empezó a surgir ahora en el delicado cuerpo de la mujer moribunda. La vocalización, si es que se le puede llamar así, se extendía por la habitación como una brisa ligera en una tarde de verano tardía, variando en intensidad cada vez.

"María..."

María comenzó a sentirse compelida por alguna fuerza a responder de vuelta en dirección a la misteriosa voz. Al principio luchó por encontrar la fuerza suficiente para mover ligeramente los labios. A pesar de la dificultad inicial, sin embargo, eventualmente encontró la fuerza necesaria para articular adecuadamente una pregunta sencilla. Con una voz baja, casi ronca, María finalmente se permitió preguntar: "¿Quién llama mi nombre?"

María esperó un momento, aunque para ella se sintió como una eternidad, en busca de alguna respuesta. Al no recibir ninguna, luchó una vez más por repetirse a sí misma. Esta vez, intentó proyectar un poco más su voz. "¿Quién está ahí? ¿Quién llama mi nombre?"

Estas palabras apenas habían salido de sus labios delgados y arrugados cuando María tuvo la repentina sensación de que ahora había alguien o algo rondando en el silencio, en el espacio vacío de su pequeño dormitorio. Ella luchaba con falta de vigor durante varios segundos mientras al mismo tiempo intentaba juntar una secuencia de sonidos coherentemente claros en su garganta y formarlos en una pregunta. Sus labios temblaban incontrolablemente mientras preguntaba: "¿Quién eres tú?"

La buena mujer, a pesar de la ansiedad casi abrumadora que burbujeaba en su pecho, estaba a punto de repetir la pregunta, cuando de repente divisa a una persona desconocida comenzando a dar pasos lentos, constantes y deslizantes hacia la esquina lejana de la estructura de su cama. El desconocido no respondió absolutamente nada. Después de unos pasos, la figura simplemente se detuvo. Aunque María no podía estar segura de quién o qué estaba observando a través de la oscuridad creada por la penumbra, cada vez estaba más convencida de que era el contorno de un hombre. Ambos seres se miraron fijamente durante varios minutos en la penumbra, sin querer apartar la mirada del otro. Ninguno dijo una palabra ni emitió un sonido.

La extraña figura finalmente interrumpió el incómodo silencio. "María... Por favor, no te alarmes", solicitó en un tono susurrante. María se sorprendió de lo cálidas y genuinas que le parecieron las palabras.

Un segundo después, el misterioso invitado dio un paso más adelante, esta vez a lo largo del costado de la cama. Cuando estuvo lo suficientemente cerca de ella, quedó claro para María que su primera impresión era correcta: estaba viendo lo que parecía ser la figura de un joven. María se quedó impresionada por lo extraordinariamente hermoso que era este hombre, cuyo rostro tenía líneas suaves y limpias, aún no retorcidas ni deformadas por las turbulencias de la vida. Sin embargo, también había algo adicional en su presencia que no era del todo natural. Sus instintos le decían que había algo más en él de lo que se veía a simple vista; algo bastante especial.

Cuando el hombre misterioso finalmente llegó al hombro izquierdo de María, al lado de la cama, se detuvo nuevamente, luego se inclinó hacia adelante y la miró directamente. A su vez, ella hizo todo lo posible por inclinar la cabeza tanto como su frágil condición le permitía para encontrarse con sus ojos, mirando hacia arriba al desconocido invitado.

"No tienes absolutamente nada que temer de mí, querida mujer", comenzó de nuevo la figura desconocida. "Este es un momento muy emocionante para ti. Un viaje inevitable está llegando a su fin, mientras que otro apenas está comenzando. Porque tu espíritu ha sido muy especial, y un glorioso nuevo comienzo espera tu alma".

Mientras María escuchaba hablar a su invitado no deseado, un sentimiento comenzó a crecer gradualmente en su corazón. Se sentía extraña, como si conociera íntimamente a este hombre frente a ella. No solo lo conocía, sino que parecía haber mucho más que no podía reconocer de inmediato. María miró profundamente a los ojos de su visitante, descubriendo que de alguna manera la estaban atrayendo eficazmente, revelándole a su alma respuestas a preguntas que aún no se daba cuenta de que tenía. De hecho, había una conexión muy fuerte con esta figura, similar a lo que ella compararía con el reencuentro con un amigo perdido hace décadas.

Entonces, como una inesperada oleada de electricidad que recorría y fluía por todo su cuerpo debilitado, la intuición de María le insinuó quién era realmente el ser a su lado. Ese escalofrío continuó pulsando en sus extremidades.

Había solo una manera en la que María quería responder a esta nueva revelación que sentía tan profundamente. Solo una cosa ocupaba su mente en ese momento inmediato. En sus pensamientos, se preguntó a sí misma: *¿Es realmente mi momento? ¿He ganado la gracia y el favor de mi Señor?* Los ojos de la matriarca comenzaron a llenarse de humedad mientras continuaba con la mirada fija en su visitante. Esa humedad rápidamente se convirtió en un flujo constante de lágrimas cálidas que recorrían su rostro envejecido.

"¡Sí!" fue la respuesta del misterioso invitado, sin vacilación. Luego se acercó más hacia el cuerpo debilitado de María, quedando a solo unos centímetros de su rostro ahora brillante y cubierto de lágrimas, y simplemente repitió en un susurro suave: "¡Sí!".

El extraño se apartó. María reconoció que le estaba permitiendo un momento, y ese acto de amabilidad solo aceleró su flujo de lágrimas.

Los siguientes minutos resultaron ser suficientes para que María recuperara algo de compostura. Limpiándose las lágrimas restantes bajo sus ojos enrojecidos, reunió el valor necesario para preguntarle a su enigmático invitado: "¿Me llevarás a mi Señor en el Cielo?" No eran las palabras de una mujer en el crepúsculo de sus años, sino las de una niña pequeña dirigiéndose a un padre. No podía pasar desapercibido que María ahora tenía un destello brillante en sus ojos. La figura se alejó de la anciana, sonriendo para sí mismo mientras lo hacía, luego inclinó ligeramente la cabeza mientras miraba de nuevo el cuerpo pálido y marchito de María. María no pudo evitar sonreírle contagiosamente a cambio.

El desconocido finalmente se presentó. "Me llamo Azrael y he venido a escoltar tu esencia de vuelta a la gloria".

Esta revelación tuvo un efecto poderoso en la mujer moribunda. Una enorme carga y preocupación que pesaba sobre su espíritu, como ocurre con todas las almas terrenales, desapareció de sus proverbiales hombros, sin volver a recaer sobre su mente y corazón. María no apartó la vista de Azrael ni una vez. La alegría inmensurable y la emoción que sentía ahora la abrumaban. Aunque intentó contener las cálidas lágrimas que comenzaron a correr nuevamente por su rostro en gran cantidad, no pudo lograrlo. Incluso permitió que una leve sonrisa se abriera paso en su expresión sombría, lo que provocó que Azrael también sonriera más ampliamente.

Cuando María rompió el silencio, después de una comprensible vacilación, expresó cuánto se alegraba. "¡Finalmente, es mi momento!" exclamó con alivio.

María notó cómo el desconocido permaneció en silencio por un breve momento, eligiendo en cambio permitirle una oportunidad ininterrumpida de abrir su corazón. El reconocimiento de esto la llenó de una calidez tan profunda, y aunque en ese momento no lo supiera, para Azrael, en todas las innumerables muertes que había tenido el privilegio de presenciar a lo largo de innumerables milenios en la inmensidad infinita, esta era la parte más gratificante de su deber. Ser parte del momento en que un ser corpóreo comienza a vislumbrar por primera vez la paz eterna y el descanso para la energía de su vida, le brindaba una alegría como ninguna otra. Porque, aunque era un ente eterno, estas eran las ocasiones en las que crecía cada vez más para apreciar la Creación en sus diversas formas y funciones.

A través de las constantes lágrimas que seguían bajando por su rostro, María agregó: "A menudo me he preguntado cómo sería cuando falleciera; últimamente, me he preguntado con más frecuencia si estaría lista para ese momento cuando llegara. Ahora puedo decir honestamente que estoy lista. Supongo que, en realidad, he estado lista desde hace algún tiempo. Llega un momento, ¿verdad?, en la vida de una persona en el que siente que su existencia ha cumplido plenamente su curso. Mi corazón rebosa de alegría. Mi momento ha llegado. El único pensamiento que persiste en mi mente es la preocupación por el bienestar de mis seres queridos. Aunque supongo que ya no les soy tan valiosa como antes. Dime, desconocido, ¿alguna vez el alma aprende a sobrellevar la pérdida de su familia y amigos? ¿Tendré paz a pesar de separarme de ellos?"

María vio cómo se formaba una sonrisa en el semblante de Azrael mientras hablaba. Casi podía percibir de alguna manera los pensamientos y sentimientos de Azrael. Sentía que estaban unidos. María se sintió tranquilizada, no había absolutamente nada que temer en cuanto a la separación física consiguiente de su familia y amigos. De alguna manera, sabía que sus seres queridos estarían bien y que no tenía que preocuparse por ellos.

"Querida María", dijo Azrael, "tu espíritu y energía vivirán en la Creación por la eternidad. Si bien es cierto que tu envoltura terrenal ya no tiene un propósito para ti y pronto será solo polvo, la Creación necesita mucho de la energía de tu vida. En cuanto a tus seres queridos, su ansiedad y la tuya por tu partida serán solo un breve destello de tristeza, porque tu alma estaba y estará por siempre unida a la suya en la Existencia. Ojalá la energía de cada alma en existencia fuera tan pura de corazón como la tuya".

En un último intento, María rogó a su misterioso visitante con una voz cada vez más suave, aunque no del todo comprensible: "Por favor... Por favor, quédate un poco más... solo un poco". La presencia de Azrael era increíblemente reconfortante.

Su respuesta fue cálida y abrazó cada fibra del núcleo mismo de María. "Eleva tu corazón. Prepárate para desechar las ilusiones de esta existencia y dar la bienvenida a tu despertar. Permíteme arrojar luz a los rincones más lejanos de tu duda. Tu existencia es plenitud. ¡La exaltación y la liberación te esperan en este momento!".

Con esas palabras, Azrael una vez más se inclinó sobre la cama de María. Como si supiera qué hacer, María se recostó rápidamente en su almohada y, sin apartar la mirada del cuerpo de Azrael ni por un instante, se relajó. Azrael apoyó suavemente la palma de su mano derecha en su frente y la izquierda en el centro de su pecho justo encima del corazón. La última sensación que su cuerpo mortal experimentó fue como la de una cálida ducha goteando por todo su cuerpo hasta que finalmente la envolvió por completo, seguida por lo que solo se puede describir como la sensación de un beso suave. La viajera cansada, al llegar a la última parada de un gran y arduo viaje, recibió un regalo de despedida.

"Bienvenida a casa".

✳✳✳✳✳✳✳✳✳✳

La claridad del cielo nocturno era como la de un nuevo comienzo que se avecinaba. Una gran paz descendió sobre la ciudad dormida. A medida que la oscuridad restante de la madrugada era gradualmente alejada por los primeros rayos del amanecer, las últimas nubes persistentes en el firmamento se alejaban apresuradamente, revelando toda la gloria de la corona iluminadora del sol naciente.

A través de las persianas parcialmente cerradas, el sol deslumbraba la habitación en la que yacía el cuerpo terrenal de María en perfecta serenidad, revelando que su alma había comenzado así su eterno regreso a la energía de la Creación.

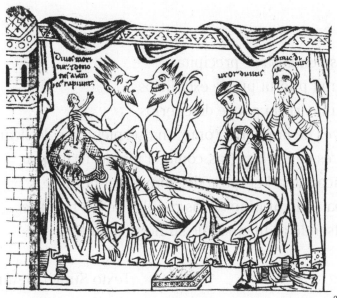

8

47

De casa en casa se precipitan.
Ninguna puerta puede excluirlos,
Ningún cerrojo puede detenerlos.
A través de la puerta, como una serpiente, se deslizan,
A través de las bisagras, como el viento, irrumpen.
Arrancando a la esposa del abrazo del hombre,
Arrebatando al niño de las rodillas de un hombre,
Expulsando al liberado de su hogar familiar.

Texto Sumerio Antiguo[9]

Capítulo 4

Rayos de luz cada vez más brillantes comenzaron a avanzar poco a poco, centímetro a centímetro, sobre los adoquines todavía ligeramente húmedos de esta ciudad costera. Apenas se podía distinguir un destello tenue de luz del día en el horizonte, el orbe resplandeciente del sol titubeando por el breve momento en su ascenso gradual para comenzar otra órbita alrededor del planeta. Casi como si se detuviera temporalmente, la estrella parecía detenerse para dar la bienvenida al día antes de reanudar una vez más su ascenso continuo. Antes de que pasara mucho tiempo, su magnificencia se abriría paso en cada espacio expuesto, iluminando y vigorizando cada rincón de la vida en este momento y lugar.

La plaza del pueblo se llenó rápidamente con todo tipo de comerciantes o proveedores de bienes y servicios, preparando, como se hace cada mañana, sus puestos con una prisa tremenda para la avalancha de compradores que pronto recorrerían las numerosas filas del mercado. Un fabricante de velas rechoncho saludó a uno de los agricultores locales en el puesto contiguo con un abrazo obligado, mezclándose durante unos minutos en los últimos chismes que cada uno estaba ávidamente deseoso de compartir. De lo contrario, todos estaban apresurados en sus rutinas habituales de preparación para el día que se acercaba, disfrutando los últimos momentos de paz y tranquilidad. Pronto la plaza del mercado estaría abarrotada, hombro con hombro, por multitudes de personas empujándose egoístamente de puesto en puesto en una frenética locura.

El amanecer siempre había sido el momento favorito de Azrael en el reino mortal. Su espíritu a menudo encontraba, aunque solo fuera por un instante, algo irresistiblemente puro y sincero en su naturaleza. Para Azrael, cada mañana en la que innumerables estrellas bañaban y limpiaban con gracia la Creación, dando paso a una renovación de la Vida, era otra razón para expresar su gratitud. La existencia se gestaba debido a, y junto con, cada partícula de luz que atravesaba continuamente los infinitos espacios del Cosmos.

Mientras Azrael reflexionaba sobre asuntos más existenciales, aquellos mortales entre los cuales caminaba estaban ocupados con diversos pensamientos y tareas relativamente poco importantes. Pasear entre los vendedores del mercado y observar a los agricultores y otros comerciantes ocupados en sus arreglos repentinos provocó una súbita inundación de tristeza. Pensó para sí mismo, *Si tan solo estos seres terrenales pudieran comprender siquiera una pequeña fracción de su potencial ilimitado.*

Azrael observó a persona tras persona realizar las tareas que esas entidades creían ignorantemente que eran muy importantes, buscando atentamente cada uno de sus pensamientos.

¿Tienen estas criaturas alguna idea, o siquiera se han planteado alguna vez fugazmente por qué la Creación determinó que fueran organizadas en la realidad?, siguió reflexionando Azrael. *¿Por qué tiene que ser en el momento de su partida cuando finalmente llegan a comprender esto por completo? Estos seres transcurren el tiempo que tienen en este reino temporal persiguiendo hábitos tan insignificantes como si sus días terrenales fueran infinitos; comiendo en exceso, buscando desesperadamente objetos mundanos, placeres carnales y persiguiendo cada vez más riqueza y poder. Los deseos que los mortales persiguen son meras ilusiones; espejismos por los que viven toda su vida persiguiendo y que al final no son más que lechos secos de arena. Falsas frivolidades impiden que su*

energía cósmica reconozca la verdadera naturaleza de la Existencia y su conexión especial con ella. Estas entidades terrenales poseen un acceso infinito a la energía, vinculadas a la misma Vida y a la divinidad de la Creación.

Después de moverse entre el ajetreo de los múltiples transeúntes del mercado durante un tiempo, Azrael finalmente decidió instalarse en una de las mesas de un pequeño y discreto café adyacente a la plaza, a solo unos pasos de la multitud comercial. A pesar de la escena de bastante agitación en las proximidades del café, solo había un par de mesas ocupadas por clientes. Azrael no pudo evitar echar un vistazo a los clientes de cada una de esas mesas. *Tal vez sea mejor que estas personas sigan existiendo sin tener conocimiento alguno. De esta manera, podrán continuar con sus vidas en una simplicidad perpetua, sin sentir nunca el peso o la carga que tal conciencia les traería inevitablemente.*

Creía que su elección de lugar fue completamente aleatoria, si no también carente de significado o importancia. El tiempo demostraría que esto era bastante diferente. Ningún ser, mortal o no, puede escapar al Destino.

✶✶✶✶✶✶✶✶✶

Mientras Azrael estaba completamente perdido en sus propios pensamientos, una joven mesera del café se acercó silenciosamente a él. Justo cuando estaba a punto de hablarle, se vio abrumada por la timidez y los sentimientos de aprehensión, aunque no estaba segura de por qué exactamente. Una vez compuesta, la joven rompió el silencio para preguntar: "Buenos días, estimado señor; ¿cómo puedo servirle en esta hermosa mañana?"

Azrael no respondió de inmediato ni siquiera reconoció la presencia de la joven que estaba parada justo a su lado. Simplemente siguió mirando al vacío, como si estuviera completamente ajeno a su presencia. La camarera instantáneamente sintió cómo aumentaba su ansiedad. Convenciéndose a sí misma de que tal vez no había sido lo suficientemente clara o fuerte, intentó hablar nuevamente. "Estimado señor, ¿puede..."

Antes de que la joven pudiera terminar de repetir su pregunta, Azrael se volvió lentamente hacia ella, lo que la hizo atragantarse con sus palabras. Una vez que sus ojos se encontraron por primera vez, ambos sintieron un extraño e inevitable impulso de simplemente mirarse el uno al otro. Azrael percibió de inmediato la intensa amabilidad de la figura junto a él, mientras que la joven, por su parte, se inundó de una mezcla de emociones diversas; entre ellas, la incertidumbre acerca de por qué se sentía tan excitada. Miedo, aprehensión, exaltación, alivio, alegría abrumadora y ansiedad se experimentaron de alguna manera al mismo tiempo.

Al percibir las emociones conflictivas de la joven mujer, fue Azrael quien decidió iniciar la conversación. "Por favor, perdóname por ser tan grosero. Me atrapaste en un momento de distracción. Me encantaría tomar un café y un pequeño pastel, si es posible".

La camarera luchó al principio para articular una respuesta, pero después de un segundo logró formar una frase algo coherente. "Eh, sí, sí, regresaré rápidamente con su café y pastelería". En su extrema nerviosidad, la camarera se dio la vuelta rápidamente para escapar y se adentró de nuevo en el café. Azrael observó cómo esta joven se alejaba de él. Había algo en su forma de comportarse que traicionaba una dignidad natural que no se encuentra tradicionalmente entre otros de su condición social. Sus modales y su forma de hablar eran lo suficientemente comunes. La ropa que llevaba estaba desgastada, como era de esperarse, probablemente parcheada docenas de veces. Sin embargo, Azrael no prestó atención a esas cosas triviales. Podía sentir un aura tremenda y radiante. Una poderosa energía irradiaba de esta mujer.

Pasaron unos minutos antes de que la camarera regresara con el pedido de Azrael. Colocó suavemente los varios platos en la mesa para su invitado, con las manos temblando un poco en el proceso, lo que hizo que los platos se tambalearan un poco. "Aquí está su pedido, buen señor", fue todo lo que logró decir.

Azrael se giró y miró profundamente a sus ojos durante unos segundos. "Gracias. Estoy seguro de que lo disfrutaré". Al mismo tiempo, pensó para sí mismo cuán profundamente hermosa era esta criatura, tanto por dentro como por fuera, pero en ese momento no pudo identificar exactamente por qué.

La mujer que estaba frente a él no poseía cualidades inmediatamente distinguibles. Como casi todas las mujeres jóvenes de su especie terrestre, su piel era clara, casi radiante. Aunque recogido y oculto bajo un sombrero, su cabello era de un brillante platino y brillaba ligeramente cuando la luz del sol lo alcanzaba desde el ángulo adecuado. A primera vista, sus rasgos parecían modestos, aunque con el tiempo revelaron una gran cantidad de fuerza interna.

La joven mujer permaneció durante un tiempo vergonzosamente largo antes de finalmente alejarse de su patrón. Sin embargo, no pudo evitar mirar hacia atrás ocasionalmente con movimientos rápidos, para observar a este desconocido, curiosa por saber quién podría ser y cuál sería su negocio. Algo en su forma de comportarse y en su semblante la atraía, fascinándola por completo. Varias veces se encontró deseando desesperadamente acercarse a este hombre, interrumpir su desayuno y hacerle las varias preguntas que rondaban en su mente. Con el tiempo, el impulso se volvió demasiado incontrolable e irresistible.

Se sentía abrumadoramente obligada a saber exactamente quién era su misterioso invitado, aunque no entendía precisamente qué causaba esta compulsión.

Con un tremendo coraje completamente ajeno a ella, la joven doncella avanzó hacia Azrael nuevamente. Una vez que llegó a la mesa en la que él estaba sentado, esperaba totalmente congelarse de aprehensión. Sin embargo, para su propia sorpresa, descubrió que no estaba aprensiva, sino que estaba impulsada con un renovado sentido de vigor. Posteriormente, y bastante audazmente, se sentó en una silla frente a él, mirándolo directamente, casi sorprendida por su propia valentía.

Ninguno de los dos habló durante lo que probablemente solo fueron unos segundos, aunque para la joven mujer se sintió como varios minutos. Le resultaba difícil no fijarse cuidadosamente en la apariencia de su invitado y la camarera podía ver claramente lo extraordinariamente guapo que era, casi imposiblemente guapo, admitió para sí misma. Aparte de su belleza, este hombre sentado frente a ella era, en términos generales, ordinario en todos los sentidos, sus rasgos físicos no eran diferentes en naturaleza a los de cualquier joven en su comunidad. Tenía una cabellera ondulada de rubio sucio y una piel igualmente dorada y radiante. Sin embargo, había algo poderosamente único en él.

Esta vez, fue Azrael quien interrumpió el incómodo silencio con su propia audacia. "¿Puedo preguntar su nombre, si no estoy siendo demasiado atrevido?"

Aturdida por un momento y sin esperar completamente la pregunta, la joven camarera no respondió de inmediato, sino que se acomodó incómodamente en la silla. Sin embargo, algo en la expresión general de Azrael ayudó a calmar sus nervios, y por primera vez se sintió cómoda al responderle. "Mi nombre es Johanna".

Azrael levantó su taza de café y dio un sorbo rápido, buscando los ojos de Johanna por un momento. "De hecho, es un placer conocerle, Johanna. Soy Azrael".

· Los dos permanecieron encerrados en las miradas del otro. Fue en ese momento que Azrael se dio cuenta de lo atractiva que era Johanna en realidad. No era una belleza refinada y criada que uno encuentra ocasionalmente, o espera encontrar, entre las familias más adineradas de cualquier sociedad, sino una atracción más humilde y natural. Una que apenas asoma por la superficie, insinuando lo que hay debajo, pero que, dada la oportunidad, brillaría como una perla bien pulida, superando a todas las demás, si tan solo pudiera escapar a través del lodo de su concha de almeja. Johanna probablemente no era consciente de lo atractiva que era, y tal vez eso era lo que definía su belleza.

Un momento después, Johanna sintió, con otro impulso de valentía, el suficiente atrevimiento para preguntar lo único que había estado rondando su mente desde que el desconocido se sentó por primera vez en el café de su familia. "¿Puedo preguntar quién es usted? Por favor, perdóneme. Sé lo fuera de lugar que estoy siendo, pero ¿ve?, claramente usted no de por aquí, ¿verdad? Con eso quiero decir que no lo he visto antes, y estoy familiarizada con la mayoría de las familias en este barrio de la ciudad".

Johanna inmediatamente se arrepintió de su línea de preguntas, deseando desesperadamente retroceder. Sin embargo, Azrael simplemente sonrió y miró tiernamente a sus ojos, percibiendo su creciente ansiedad y sentimientos de profunda ingenuidad. Sus siguientes palabras fueron cuidadosamente elegidas y seleccionadas con la intención específica de satisfacer su intensa curiosidad tanto como de relajar su mente. "No se preocupe por ofenderme. Puede preguntarme cualquier cosa que desee. Para responder a su pregunta... sí, tiene razón, no soy local."

"Entonces, ¿qué lo trae a nuestro humilde rincón del mundo si en realidad no estoy siendo demasiado entrometida?", preguntó Johanna, con cierta aprensión persistente. "La mayoría de los forasteros que encontramos son comerciantes o mercaderes en busca de algo. Usted parece no ser ninguno de los dos."

"Y ¿cómo puede usted saber eso?" dijo Azrael, mientras reía.

"Su apariencia lo delata. Sus botas, señor, no están

desgastadas hasta convertirse en finas tiras de cuero como se esperaría después de años y largas millas", respondió Johanna con toda seriedad.

Azrael no estaba seguro de cuánto debería revelarle a esta joven. Además del hecho existencial muy obvio de que se le prohibía hacerlo, estaba bastante seguro de que compartir la verdad completa, o incluso una pequeña fracción de ella, sería catastrófico a nivel cósmico, sin mencionar que no había ninguna posibilidad de que esta simple criatura pudiera comprender algo. Un ser mortal nunca podría comprender completamente lo que se le decía, en primer lugar, sobre la naturaleza de su papel en el funcionamiento más amplio de la Creación, y mucho menos de la Eternidad. Lo que los mortales pudieran hacer, o incluso intentar imperfectamente, a partir de lo que se les presentaba, Azrael había concluido muchos milenios antes, solo serviría para confundir por completo, desconcertar totalmente y, en última instancia, agregar más falsa espiritualidad de la que ya existía para estas multitudes de almas fácilmente desorientadas.

Entonces, Azrael decidió ocultar la verdad, al tiempo que proporcionaba una respuesta relativamente creíble con el fin de continuar la conversación. "Yo, de alguna manera, estoy en busca de algo".

Johanna escrutó la expresión de Azrael y rápidamente concluyó que él evitaba intencionalmente dar detalles, ofreciendo la respuesta más breve posible. El tic anormal de los labios y el repentino fruncimiento del ceño eran solo algunas de las señales obvias. En lugar de insistir en el asunto, Johanna lo dejó pasar. Permitió que sus músculos faciales formaran una sonrisa parcial, pero su expresión dejaba ver que sabía que él no había sido completamente sincero con ella. Por su parte, Azrael decidió que no haría daño si una desconocida supiera un poco sobre por qué estaba en su pueblo, especialmente si esa verdad estaba suficientemente oculta.

Mirando su camisa para quitar algunas migajas de pastelería que se habían acumulado allí, Azrael respondió: "Tiene razón al creer que estaba ocultando algo. De hecho, estoy en busca de un conocido distanciado. Nos separamos hace muchos años. Resulta que mi búsqueda me ha traído aquí, a este pequeño rincón del mundo".

Johanna, con la misma dulce sonrisa con la que lo había saludado por primera vez, deseó a su extraño cliente la mejor de las suertes en su búsqueda. "Espero que tenga mucha suerte en encontrar a su amigo y que vuestro reencuentro sea alegre. Mientras tanto, disfrute de su estancia aquí. Aunque esta ciudad no tiene los encantos que ofrecen otras ciudades más grandes y mundanas, estamos orgullosos de ella". Sintiendo que había indagado demasiado con su misterioso invitado, Johanna decidió que era mejor terminar la conversación.

Al levantarse para irse, Johanna se detuvo una vez más para mirar a su intrigante cliente. Azrael dio sus propios saludos, percibiendo las intenciones de Johanna. "También espero que mi visita resulte productiva. Quizás nos crucemos de nuevo, Johanna. Hasta ese momento".

"Tal vez..." fue todo lo que logró decir, antes de retroceder nerviosamente.

Mientras Johanna se apresuraba a alejarse, Azrael pensó para sí mismo: *Espero... aunque temo que no será así. Me temo que esta visita no será agradable en absoluto.*

* * * * * * * * * *

Capítulo 5

"Soy el portador de la Luz, soy de la Luz, soy la Luz. Soy el compañero final y guía del crepúsculo de la Eternidad. Soy Malak al-Mawt[10]. Soy cuatro mil alas llevadas por los Vientos del Tiempo[11]. Soy Thanatos[12]. Soy el Cosechador de Almas, el Otoño de la Creación y el Crepúsculo del Tiempo. Soy el portador del consuelo eterno. Soy plenitud, trascendencia y liberación del ciclo interminable de la Creación. Soy aquello que sirve a la voluntad ilimitada de la Existencia. Soy setenta mil pies, ojos y lenguas infinitas. Soy el escriba de la Eternidad. Soy el Último. Soy Azrael, el Ángel de la Muerte."

"Porque en el principio mismo, fui una resonancia eterna. Una vez fui miembro del Consejo de Luz, el Consejo de los Serafines, y estaba investido con la Autoridad Divina de supervisar la Existencia como uno de esos seres eternos vigilantes[13]. Sin embargo, me descubrieron cometiendo una violación muy grave de la Ley de la Eternidad[14]. Mi esencia se mezcló con un ser de carne y estableció una relación carnal con la criatura mortal, una violación muy seria de mi sagrado cargo y una traición vergonzosa a mi juramento sagrado. Finalmente, el Consejo determinó que mi castigo sería vivir primero una vida como ser terrestre, como humano, y así sufrir y disfrutar todo lo que un mortal debe, solo para, al final, ser separado de aquello que tanto había llegado a apreciar. Por el resto de la Eternidad, serviría como guía inmortal hacia lo desconocido para las energías de aquellos mortales tan queridos para mí, siendo recordado constantemente por toda la eternidad y el espacio de las consecuencias de los afectos que una vez imprudentemente elegí compartir.

"Como ser corpóreo compuesto de carne y sangre imperfectas, una forma de vida de carbono creada por la Energía de la Vida, formada en la forja de la Creación, fui, por tanto, velado durante un tiempo de la gran verdad de mi situación anterior y estaba destinado a perecer de nuevo al polvo del cual surgió. Como mortal, me llamaron Azra, aquel ayudado por Dios, el primogénito de Malekesh[15].

En la vida terrestre, no fui más que un humilde médico, al igual que mi padre antes que yo y su padre antes que él. Aunque ciertamente no lo merecía, fui bendecido con una compañera maravillosa y tres hermosos hijos. En todos los aspectos, las cadenas de mi vida corporal podrían haberse descrito como dichosas. Intento no pensar en aquellos seres que ya han partido, porque solo despiertan tercas sensaciones de añoranza que es mejor dejar en reposo. Pues los recuerdos persistentes de mi compañera terrenal aún pesan mucho sobre mi esencia.

"Aunque nunca en ningún momento creí que hubiera resuelto ninguna de las lecciones *de la vida*, en mi absoluta ceguera pensé que tenía un sólido entendimiento de algunos principios basados en las creencias espirituales tradicionales de mi pueblo. Como todas las entidades corporales, vivía en una existencia de absoluta ignorancia sobre la verdadera naturaleza de la Existencia. En muchos aspectos, y por muchas razones obvias, desearía que las circunstancias de mi ignorancia mortal hubieran permanecido así.

"Cuando mi estructura física dejó de ser lo suficientemente adecuada para actuar como un recipiente de carbono para la Energía Existencial, mi espíritu, como solía llamarlo, fue liberado de sus ataduras terrestres. Mi esencia fue una vez más llenada con el Conocimiento, el reconocimiento más puro de lo que soy, junto con los recuerdos decepcionantes de mi traición a mi cargo. Decepcionantes no porque me avergonzara haberme permitido amar, sino porque tal construcción estaba, y por la eternidad nunca será, permitida para alguien como yo. Por lo tanto, reclamé todas las partes de mi esencia que alguna vez habían sido compartidas con otros en el amor[16].

"Antes de que alguna vez existieran las criaturas de carbono que surgieron como descendientes naturales de la Energía de la Existencia, vivieron y murieron sin que la Existencia prestara atención a lo que resultaba de la energía que alguna vez animó a aquellos seres fallecidos. Sin embargo, las circunstancias en la Existencia evolucionaron la necesidad de orden y armonía en todo ese caos expansivo. Se ordenó que mi esencia sirviera a la Eternidad asegurando que las fuerzas vitales de las criaturas justas y dignas regresaran de manera segura a la Creación, para mantener ese equilibrio continuo del Orden Celestial. Así comenzó la fase más reciente de mi sentencia eterna.

"La vida mortal comenzó a ser registrada en los Anales de la Existencia. Las firmas energéticas de todos los seres son, por lo tanto, listadas para toda la eternidad y el espacio, o Pergaminos Etéreos. Cuando la Creación finalmente llama a través del Universo para el regreso de una esencia de vida, uno de los benditos, uno envuelto en luz[17], yo, por mi parte, guío esa esencia para que vuelva a emerger una vez más con la Existencia[18]. Los nombres de todos los seres mortales son registrados en las hojas del Árbol de la Vida, o más precisamente, el Registro de toda la Humanidad[19]. Cuando esas hojas caen, estoy ahí para recogerlas hacia mí y luego recolectar las almas escritas en ellas de regreso a la Creación[20]. Estoy presente al final, para ser una guía y un consuelo. Esta es la sagrada tarea que se me ha asignado por tiempo y espacio infinitos. Es una tarea por la cual estoy eternamente agradecido, ya que me permite mantener mi existencia continua en contacto constante con el reino físico y, por lo tanto, lo que significa ser mortal.

"He sido testigo del colapso de innumerables galaxias, he visto la formación de incontables planetas y estrellas, y he velado por innumerables especies de seres mortales. Todo esto durante períodos más allá de la comprensión. ¿Es esto una bendición o una maldición? Ya no puedo decirlo. Descanso eterno, eso busco, pero solo puedo encontrarlo cuando el último de los vivos haya cruzado el umbral hacia lo desconocido. Hasta esa eventualidad, estoy atado al servicio de la Creación, sin poder disfrutar de un sueño eterno. Mi propósito es mi sacrificio, y mi sacrificio es mi propósito."

Capítulo 6

Más tarde en el día, justo antes de que el sol descend-
iera por debajo del horizonte ámbar y diera paso a otra
noche, Azrael se abrió paso lentamente por un cemente-
rio en las afueras de un pintoresco pueblo, tomándose su
tiempo mientras pasaba casualmente por filas y filas de
lápidas envejecidas. Aunque nunca creyó en ningún momento que hubiera resuelto ninguna lección *de la vida*,
notó a varias personas reunidas alrededor de una de las
parcelas cercanas, justo después de un pequeño grupo de
abetos. Aparte de él mismo, esta reunión parecía ser la
única agrupación de personas de cualquier tipo a simple
vista. Azrael se acercó gradualmente a la pequeña multitud, acercándose para observarlos más de cerca e íntima-

mente, antes de detenerse finalmente en el grupo de árboles que los separaba. Asegurándose de utilizar la densidad relativa del grupo de árboles como cobertura para no ser visto, Azrael miró curiosamente a los afligidos. Había una suave brisa vespertina que empezaba a moverse, soplando en dirección general, lo suficiente como para hacer vibrar algunas hojas y permitir que llegara hasta él un ligero sonido. Azrael podía captar la mayoría de lo que se dijera, si es que se decía algo, por esas figuras sombrías a lo lejos.

La pequeña reunión alrededor de la tumba recién cubierta parecía ser la de los seres queridos de la persona que había sido enterrada recientemente. Ninguna persona parada junto a los restos enterrados del cadáver, vistiendo sus mejores ropas de luto, emitió sonido o movimiento alguno. Más bien, permanecieron tan reverentes como les fue posible, en una silenciosa vigilia. Los servicios funerarios ya habían terminado. Aquellos que lloraban elegían quedarse durante unos momentos más, renuentes a alejarse. Les resultaba difícil separarse, como si hacerlo de alguna manera mostrara falta de respeto hacia su ser querido fallecido. Así que, simplemente, permanecieron allí de pie.

Para aquellos pocos presentes, la muerte había sido un asunto particularmente extraño. El hombre fallecido apenas había llegado a los sesenta y siete años, y su salud se había deteriorado recientemente. Tanto la familia como los amigos se habían estado preparando durante algún tiempo para la eventualidad de su partida del reino mortal y, cuando llegó, no habría habido ninguna evidencia discernible de algo estaba mal, de no ser por la expresión de horror absoluto en el rostro de su cadáver. Era imposible para ellos conocer la verdadera naturaleza trágica de su muerte, que su forma física y su fuerza vital habían sido arrancadas prematuramente, de manera bastante violenta, una de la otra. Uno podría considerar eso una bendición.

Una vez más, Azrael reconoció de inmediato que otra forma de vida, de la cual él era el único responsable, había sido reclamada, no por él, por supuesto, sino por otra esencia que aún no se había revelado. Azrael sabía muy bien que le habría correspondido recoger a este ser justo en el momento adecuado, pero solo cuando el nombre del hombre apareciera en el Libro de la Eternidad. Solo él tenía la autoridad adecuada para reunir las almas de las criaturas justas con la Creación. Aunque las sospechas de Azrael resultaran ser precisas y el espíritu cósmico conocido como Samael estuviese detrás de esta oleada de brutales y no autorizadas abducciones de almas, no se podría prever qué mal planeaba Samael desatar[21].

Después de que la familia y los amigos del difunto finalmente se retiraron de la escena, Azrael se tomó un momento para caminar alrededor del sitio de la tumba recién llenada y descolorida, observando cuidadosamente a su alrededor. Cuando fue investido con la misión eterna de guiar la energía de los seres que partían de vuelta al seno de la Creación, el Consejo le otorgó el poder de interpretar el Eco Etéreo. Azrael sabía que el Eco Etéreo revelaría todo lo que necesitaba saber o entender sobre lo que realmente le había sucedido a este que fuera anteriormente un ser terrestre. Desde el mismo comienzo, desde el momento de los orígenes primordiales de la Eternidad, siempre ha existido un registro de cada entidad corpórea que haya existido, exista o existirá. El Eco Etéreo es básicamente la firma de energía o perturbación dejada por la Fuerza Vital de esas criaturas basadas en carbono, como una sombra cuántica impresa en los Anales de la Eternidad. Cada ser terrestre vivo, sin importar su origen o condición, impacta en la línea temporal cósmica, y Azrael puede utilizar ese registro para aprender cosas que han ocurrido de las cuales su esencia no fue testigo directo. El Eco Etéreo, eternamente entrelazado en la Eternidad, proporciona a aquellos que pueden leerlo la capacidad de comprender lo que ha sucedido y, en última instancia, sucederá.

Desafortunadamente, sin embargo, solo hay unas pocas esencias como Azrael con el poder cósmico para desafiar los destinos de la eternidad, y mucho menos desafiarlos directamente, y, por lo tanto, reescribir las entradas futuras en los Anales de la Existencia.

Azrael no podía adentrarse en los sucesos de esta escena impía sin antes interactuar y buscar consulta de seres que poseyeran ciertas Fuerzas Celestiales adecuadas para la tarea. Invocando a las formas conocidas por lenguas mortales salvajes como los Grigori[22] y los Mercurianos[23], Azrael buscó orientación para interpretar con precisión lo que se podía deducir del Eco Etéreo. Juntos, los Grigori y los Mercurianos tenían la autoridad para diseccionar los hilos restantes de energía delicadamente enlazados entre los restos en descomposición de un mortal y la fuerza vital de su existencia tardía, creando un Análisis de Percepción que describiría esencialmente para Azrael la identidad del difunto y finalmente revelaría la naturaleza de cómo este ser terrenal encontró su fin.

Con la ayuda solicitada, Azrael comenzó a investigar lo que quedaba del Eco Etéreo y las perturbaciones dejadas en el Registro Etéreo en busca de pistas sobre lo que había ocurrido exactamente, quiénes estaban involucrados y dónde se había llevado finalmente a la Fuerza Vital del alma. Una circunstancia muy alarmante e igualmente perturbadora empezó a desplegarse, de la misma manera en que una secuencia de recuerdos vívidos podría reproducirse en la mente de un mortal. Cada detalle, cada fracción de cada momento, se revelaba ante él como si no solo fuera un testigo directo de los eventos en cuestión, sino que los hubiera experimentado él mismo. A medida que la escena se desvelaba, Azrael se vio abrumado por sentimientos de desesperación absoluta. Reconoció una sensación apoderándose de él que nunca antes había experimentado: el miedo puro. No era tanto el miedo a lo que se le revelaba sobre cómo este ser delicado había perecido, sino el temor de que tal vez no fuera capaz de reunir respuestas concluyentes con suficiente rapidez como para intervenir de manera precisa.

Porque era una escena en la que las formas más horrendas que hayan existido, las Keres, buscaban intencionalmente y desgarraban salvajemente el alma del querido difunto de su una vez sano y vibrante cuerpo mortal. Las Keres son la más vil profanación de la Existencia, esencias tan desfiguradas y retorcidas por la maldad que las engendró, que resultan irreconocibles como esencias de la Creación. Estos inmortales de aversión absoluta se alimentan y anhelan la destrucción, saciados por la carnicería.

El cuerpo de este pobre ser mortal yacía jadeando desesperadamente mientras las Keres separaban su energía vital de su estructura terrenal, despedazándolo en el proceso. Estas abominaciones se alimentaban ferozmente como buitres, devorando desesperadamente un cadáver como si fuera su última comida. Azrael estaba lleno de un sufrimiento y agonía inenarrables al escuchar los gritos del alma del difunto mientras reverberaban enloquecidamente a través de la Existencia. El trabajo mortal de las Keres solo tomó la más mínima fracción de un instante, pero las consecuencias ahora eran eternas. Azrael interpretó que las Keres habían huido con los restos del difunto al completar su malvada tarea. Sin embargo, no se observaba ninguna evidencia en absoluto, lo que solo servía para frustrarlo aún más.

Lo que ahora también quedaba dolorosamente claro, a pesar de la total falta de respuestas, era que una esencia cósmica con una autoridad considerable estaba directamente involucrada en las perturbaciones que recientemente se habían perpetrado en los planos de la mortalidad. Las Keres eran las terribles creaciones sirvientes de una única esencia: Samael. Solo eran obedientes a él y cumplían exclusivamente sus órdenes. Si las Keres estaban involucradas de alguna manera, entonces se confirmaría que Samael estaba directa o indirectamente involucrado también. Azrael sabía instintivamente que le correspondía a él descubrir precisamente qué papel había desempeñado Samael en la reciente colección de perturbaciones cósmicas y cuál era el propósito final. Sentía un profundo presentimiento de que no le gustarían las respuestas que buscaba y estaba aún más inquieto por todas las desagradables posibilidades que rondaban en su mente.

"Y ahora te contaré cómo murió. Sus días fueron sesenta [años], cuando una enfermedad lo atacó. Y sus días no
fueron como los días de David su padre, sino que fueron
veinte [años] más cortos que los suyos, porque estaba bajo
el influjo de las mujeres y adoraba ídolos. Y el ángel de
la muerte vino y lo golpeó en el pie, y él lloró y dijo:
'Oh Señor Dios de Israel, estoy vencido por la ley terrenal,
porque no hay nadie libre de mancha ante ti, oh Señor, y
no hay nadie justo y sabio ante ti, oh Señor'."

El Kebra Nagast, por E.A. Wallis Budge[25]

Capítulo 7

Cuando el alma de alguien es determinada por el Registro Cósmico como indigna de reunirse una vez más con la Energía del Universo tras su partida, las criaturas impías conocidas como Keres tienen la tarea de eliminar el alma en cuestión. Primero, las Keres asolan despiadadamente el espíritu de la entidad mortal, separando violentamente la conexión eterna del recipiente de carbono con la Energía de la Creación, para finalmente devorar la energía vital y extinguir cualquier rastro etéreo de la energía contaminada, impidiendo así que contamine la de la Creación.

Las Keres no siempre fueron los demonios malignos en los que eventualmente se convirtieron. Durante un tiempo inconcebible de explicar de manera sencilla, la esencia conocida como Samael, por orden del Consejo Cósmico, había sido encargada de la envidiable respons- abilidad de eliminar las almas y la Energía Vital de las creaciones desfavorables en toda la Existencia[26]. Samael se dejó corromper cada vez más por el inmenso poder de su magnífica importancia, convirtiéndose en una esencia que disfrutaba de la destrucción y la miseria por encima de todo lo demás. Samael llegó a representar el contrapeso de la Creación y la Existencia. Fue Samael quien primero se encargó de las almas malvadas. Sin embargo, simplemente cumplir con su responsabilidad cósmica no era suficiente para el Ángel de la Destrucción. En lugar de eliminar a to- das estas criaturas injustas para las que fue asignado por el Registro Cósmico, Samael utilizó el Poder Cósmico otor- gado para retorcer y deformar a muchos de esos seres en monstruos diabólicos con el único y despreciable propósi- to de servir a cada uno de sus mandatos. En lugar de llevar a cabo su función cósmica con la dignidad que inheren- temente acompaña a una Entidad Cósmica, Samael ahora personificaba aquello que se suponía debía aniquilar de la Existencia. Comenzó a utilizar a las Keres, los siervos que creó a partir del odio, para llevar a cabo su trabajo sucio. Son los esclavos eternos del mal, las Tenebrae, la oscuridad que se acerca[27].

Las Keres son, por lo tanto, nada más que la forma mutilada y profanada de lo que alguna vez fue el alma o la fuerza vital de un ser terrestre. Tristemente, ya no tienen ninguna semejanza con la forma de vida que alguna vez fue engendrada por la Existencia en la Creación. Más bien, parecen formas demoníacas salidas de alguna pesadilla impensable. Ningún conjunto de descripciones podría acercarse lo suficiente para caracterizar adecuadamente la apariencia de un Ker, ya que son simplemente formas distorsionadas y en descomposición de algo que ya no se puede distinguir, habitando parcialmente un reino de alguna manera entre los planos mortales y etéreos al mismo tiempo. Lo que está claro, sin embargo, es que estas profanaciones siempre tienen sed de sangre y espíritu, un deseo interminable que nunca puede ser saciado adecuadamente.

El trabajo sucio de estos demonios es, para un número creciente de sus víctimas, el mayor y más instantáneo de los tormentos y sufrimientos que una criatura de la Existencia puede o nunca experimentará en mil iteraciones. Aunque solo sea por una fracción de un momento, y que finalmente termina con la eliminación de todas las huellas cósmicas del alma desfavorable, la experiencia, desafortunada e irrevocablemente, sirve como el juicio final del Universo sobre las creaciones torturadas.

Por el paso del tiempo infinito y a través de un espacio igualmente infinito, el Consejo Cósmico ha permitido las grotescas excentricidades de Samael en gran medida porque siempre ha sido un sirviente obediente y leal, y sus peculiaridades nunca han resultado en ningún desequilibrio notable o flagrante en el Universo. Azrael, por su propio bien, aunque no apreciaba ni respetaba los métodos empleados por Samael, nunca había tenido ninguna razón -hasta los acontecimientos recientes- para considerar a Samael como una preocupación.

Las sospechas de Azrael, sin embargo, lo estaban llevando cada vez más a la deplorable conclusión de que Samael de alguna manera estaba detrás de los incidentes recientes en los que no se expulsaban espíritus malvados, sino que se eliminaban prematuramente almas inocentes. Sus temores lo estaban llevando a creer que Samael no solo estaba involucrado, sino que era el autor de este siniestro asunto. El problema que enfrentaba Azrael residía en descubrir los detalles de estas acciones abominables y descubrir el objetivo final de Samael. Las acciones sospechosas de Samael finalmente comenzaban a crear un desequilibrio notable en el Universo, una asimetría artificial y antinatural que pronto se volvería eternamente irreversible. Azrael reflexionaba profundamente sobre la horrible idea de que el objetivo de Samael fuera crear dicho desequilibrio y utilizarlo a su favor con algún propósito despreciable y aún no discernible. Lo que aterrorizaba aún más a Azrael eran todas las posibles motivaciones que Samael podría tener para aumentar su poder y sus filas. Azrael se daba cuenta cada vez más de que descubrir el aparente complot sería la parte más fácil de lo que estaba por venir. Impedir que Samael lograra sus malintencionadas ambiciones podría desgarrar la Existencia.

Capítulo 8

El sol apenas comenzaba a elevarse lentamente para iluminar una vez más a su compañero planetario en otro ciclo terrestre diario. Desde el humilde punto de vista de Azrael, mirando hacia esta plaza de la ciudad, los rayos frescos de la luz matutina se filtraban entre la piedra arenisca blanca del hermoso edificio bautismal de la ciudad y la igualmente impresionante catedral adyacente. Aunque Azrael había presenciado un número literalmente infinito de amaneceres como este, nunca se cansaba de su brillantez. Él apreciaba y se sumergía en esa magnificencia. Los amaneceres eran un recordatorio poderoso y frecuente de cuán delgado es el velo que separa los planos Físico y Etéreo.

En este preciso momento de descanso y contemplación casual, mientras absorbía los rayos del nuevo sol, la joven mortal Johanna, a quien Azrael apenas había conocido en el café del mercado, se acercó nerviosamente a él. Aunque él era plenamente consciente de que la joven doncella ahora estaba parada a solo unos pocos pasos de distancia, no eligió reconocer de inmediato su presencia. En cambio, Azrael hizo una pausa.

Cuál de los dos objetos frente a mí es más brillante: ¿este resplandeciente orbe celestial o el rostro radiante de esta hermosa mujer? Azrael se preguntó a sí mismo mientras aún no hacía contacto visual con Johanna. El humor detrás de este pensamiento no se le escapó, y, por lo tanto, esta pregunta privada tuvo el efecto de dibujar una sonrisa en su rostro, un momento poco usual.

"Buenos días, Johanna", dijo Azrael, aparentemente tomando a Johanna un poco desprevenida. Ella misma estaba perdida en el momento, perfectamente cómoda dejando que su extraño nuevo conocido continuara sentado en silencio porque eso le daba la oportunidad de seguir mirándolo, perdiéndose en sus ojos. Ahora era el turno de Johanna de ignorarlo al él.

Cuando finalmente estuvo lista para responder unos momentos después, ella contestó: "¡En efecto! Es una mañana hermosa, buen señor. Bastante espléndida."

Azrael volvió a sonreír, aunque esta vez la sonrisa que se formó en su rostro fue causada por la manera excesivamente formal con la que Johanna insistía en dirigirse a él. "Y ¿a dónde se dirige una joven tan fina como usted en una mañana tan bendita como esta?" continuó con igual formalidad, a pesar de saber perfectamente la respuesta a su pregunta.

¿Estaba este hombre loco? Johanna pensó para sí misma. *¿No sabía claramente qué día de la semana era? Incluso si no lo supiera, ¿no podía ver también a la multitud de personas que se abrían paso por la plaza empedrada hacia la catedral adyacente?* Aunque estaba genuinamente confundida por la figura que estaba frente a ella, Johanna no pronunció en voz alta sus preguntas, creyendo que eran relativamente inconsecuentes. En cambio, respondió: "Caballero, me dirijo a unirme al resto de la comunidad en la primera misa de esta mañana. ¿Tenía usted planeado asistir?"

Volviéndose primero hacia la dirección de las enormes puertas abiertas de la catedral, Azrael observó la creciente multitud de feligreses que se dirigían hacia el interior para la misa a la que Johanna se refería. Luego, volvió a mirar a Johanna, aunque no respondió de inmediato. En cambio, buscó elegir sus palabras con prudencia primero. "Ya he comulgado lo suficiente con la Divinidad en este día".

Al ver la decepción reflejada en el rostro de Johanna en forma de un creciente ceño fruncido, sin embargo, rápidamente agregó: "No obstante, ¿se puede tener casi suficiente contemplación espiritual? Sí, también me dirigiré pronto hacia la capilla".

Instantáneamente, el ceño fruncido de Johanna fue reemplazado por la sonrisa más brillante de un entusiasmo casi incontrolable y puro. A veces, Azrael casi olvidaba la seriedad con que muchos seres corpóreos trataban los asuntos de sus instituciones de fe y espiritualidad. Era y es una característica única de la humanidad, una de varias peculiaridades que los distinguen de casi todas las demás creaciones de la Existencia.

Y, ¿por qué no? Ciertamente no habría ningún daño en pasar lo que hubiera sido una mañana aburrida y solitaria en reflexión comunitaria entre estos seres dentro de las paredes del ornamentado edificio que consideran de importancia espiritual. Azrael rápidamente llegó a la conclusión de que cualquier razón que tuviera para ignorar la valiente invitación de Johanna era puramente egoísta. Después de todo, en ese mismo momento, él mismo buscaba un respiro temporal de los problemas en los que se había involucrado. Y habiendo sido mortal en algún momento, a menudo encontraba lugares tranquilos como este para buscar la serenidad tan necesitada, sin importar cuán fugaz pudiera ser. Siempre había algo reconfortante en el eco sordo que reverberaba en las columnas y paredes de mármol durante la oración colectiva, el dulce olor del incienso que persistía en el aire y el suave resplandor caleidoscópico de la luz que se filtraba a través de las numerosas ventanas de vidrieras.

Con tremenda aprehensión, Johanna se atrevió a preguntar: "¿Po... podría honrar a mi familia uniéndose a mis padres y a mí en la congregación?"

La invitación conmovió profundamente a Azrael. "Su familia me honra con una invitación tan considerada. Una solicitud que encuentro imposible de rechazar. Acepto con gratitud".

La sonrisa que había tocado el corazón de Azrael momentos antes regresó de inmediato para brillar desde los suaves contornos del rostro de Johanna, tal vez más brillante que antes. Se levantó rápidamente, mientras devolvía la sonrisa. Casi al mismo tiempo, los dos se giraron para enfrentarse y comenzaron a caminar hacia la catedral ahora bien iluminada. Caminaron a un paso de distancia durante todo el camino en un extraño y cómodo silencio. Cada uno sabía instintivamente que no eran necesarias más palabras entre ellos.

✶✶✶✶✶✶✶✶✶✶

Cualquier persona que observara las ceremonias devocionales matutinas en este día en particular habría presenciado una multitud tremenda, en términos relativos, de fieles presentes, todos ellos preparados para demostrar su lealtad y constancia. También se le podría a uno perdonar por no poder identificar a un extraño entre esta densa congregación, ya que su figura se perdía simplemente entre la multitud. Azrael, por su parte, estaba perfectamente satisfecho de pasar desapercibido, o al menos de no tener a nadie haciendo preguntas serias sobre la naturaleza de su asociación con Johanna y su familia. Sus responsabilidades requerían la máxima discreción y anonimato. Era plenamente consciente de los grandes riesgos que corría al relacionarse abiertamente con los mortales de manera tan audaz y frecuente. Por supuesto, era una línea muy delgada, pero estaba dispuesto a recorrerla solo para sentir y experimentar lo que es caminar entre la humanidad nuevamente y abrazar su hermosa ignorancia.

El visitante pasó completamente por alto el comienzo de los servicios, ya que ya estaba absorto en la contemplación. Incluso se podría describir su estado como uno de profunda meditación. Tal vez fuera una respuesta a su ubicación actual, o debido al ser junto al cual estaba sentado, o ambos. Sea cual sea el caso, Azrael era bastante incapaz de mantener alejados ciertos movimientos y sensaciones que se agitaban en su interior.

Estas realidades terrestres de carbono, de las cuales Azrael una vez se consideró parte, están tan ciegamente empeñadas en seguir y obedecer dogmáticamente estas instituciones mortales que promueven supuestos principios de espiritualidad y salvación, de alguna condición previa percibida de la existencia. Esta extraña obsesión por tratar desesperadamente de entender e interpretar el significado de sus vidas a través del imperfecto lente de la religiosidad solo los lleva por un camino de mayor confusión. Azrael deseaba poder revelar algunas verdades a estas criaturas, para tan solo tranquilizar sus mentes nubladas y aliviar parte de la carga existencial que sin duda llevan. Sin embargo, sabía con certeza que la vida terrestre, sin importar dónde y cuándo en la Existencia, no tiene la capacidad de procesar adecuadamente ninguna otra realidad potencial, sea verdadera o no. La verdad solo serviría para confundir aún más sus inteligencias subdesarrolladas.

Los seres corpóreos, en esencia, existen porque pueden existir, y no por ninguna otra razón más que la Energía de toda la creación engendra Vida; la energía concibe la materia. La Existencia del Cosmos es porque es, y no por ninguna otra razón. La Energía de la Vida existe porque siempre ha impregnado la Existencia, y no tiene ninguna otra explicación. Así como hay un equilibrio entre las fuerzas positivas y negativas de la Energía de la Vida, también hay un equilibrio entre la creación y la destrucción en la Existencia. La Energía positiva de la Vida, que une mientras atraviesa la Existencia, busca constantemente crear Vida. La Energía negativa de la Vida busca la destrucción de lo que se crea y, por lo tanto, contrarresta las fuerzas de la Existencia. La inteligencia y la energía conocida como Azrael han ayudado a mantener este fino equilibrio de la Existencia durante casi una eternidad.

Las criaturas mortales no logran absolutamente nada al aferrarse a estas nociones de salvación y obediencia a una deidad o deidades percibidas. El único subproducto notable que Azrael ha observado alguna vez ha sido la perpetuación del odio, la desconfianza, la malicia y la desunión entre los seres, lo que a menudo resulta en una distorsión de la Energía que da vida a estas formas imperfectas. En última instancia, y desafortunadamente, esto conduce a la falta de armonía en toda la Existencia, para lo cual Azrael debe trabajar constantemente para reequilibrar. Pero esta es la infinita responsabilidad de Azrael.

Capítulo 9

Cuando el sencillo servicio religioso finalmente llegó a su conclusión, los feligreses comenzaron a salir lentamente de la catedral en una sucesión constante, volviendo a la plaza para ser recibidos por el brillo completo del sol. El aire comenzaba a calentarse rápidamente, ahuyentando el frescor matutino persistente. Al entrar cada uno de ellos a la luz del sol, se tomaron un momento para apreciar su calidez antes de continuar reverentemente con su día, un día solemne de descanso para la mayoría.

Azrael tuvo cuidado de no pararse demasiado cerca de Johanna, porque sabía instintivamente que otros de su especie serían más observadores de quienes los rodeaban ahora que su atención no se centraba inmediatamente en otra cosa. Azrael era muy consciente de las estrictas normas culturales prevalentes entre los grupos de criaturas mortales de este lugar y época. Siguió unos pasos detrás de Johanna y sus padres mientras avanzaban hacia la plaza, deteniéndose cuando los vio detenerse. Johanna se acercó a sus padres y pareció decir algo breve que él no logró captar del todo. Luego los abrazó y besó a ambos, antes de volver hacia él.

El padre de Johanna miró en dirección de esta persona con quien su única hija había elegido de repente pasar su tiempo. Azrael no podía distinguir exactamente lo que el padre de Johanna veía, pero fuera lo que fuera, aparentemente, no le preocupaba, ya que finalmente asintió rápidamente con aprobación y suavizó la mirada.

Johanna se despidió, luego se acercó para reunirse con su nuevo amigo y juntos observaron cómo sus padres se alejaban. Tanto su madre como su padre miraron ocasionalmente hacia atrás por encima de sus hombros mientras lo hacían, como era de esperar de padres curiosos y preocupados.

"El clima hoy es realmente espectacular", dijo Johanna. "Tengo la intención de dar un paseo. Sinceramente, espero no ser demasiado presumida, pero me preguntaba si... bueno..."

Eso fue todo lo que pudo decir antes de que la invadiera el nerviosismo y la ansiedad de estar siendo demasiado directa con esta persona que apenas conocía, y, además, una persona del sexo opuesto.

Mirando dulcemente los ojos de Johanna, Azrael pudo leer todo lo que necesitaba. No a través de las palabras de esta dulce mujer, por supuesto, sino a través de su semblante y su alma, que expresaban todo lo que no podía decir en voz alta. Sus sentimientos eran obvios y claros, como las llamas danzantes de una fogata en una noche oscura sin luna.

La respuesta de Azrael la tranquilizó de inmediato. "Sería un privilegio acompañarte a dar un paseo. Un paseo es justo lo que necesito para calmar mi estado de ánimo. Tal vez me dará tiempo para reflexionar sobre algunas cosas con mayor claridad. Solo espero que no te canses de mi presencia ni te sientas obligada a hacerme compañía por alguna noción de hospitalidad".

Johanna no pudo contener una risa al percibir el sarcasmo seco. "A menudo salgo a pasear después de los servicios más allá de la Puerta Este, justo fuera de los muros de la ciudad. Es tan tranquilo, y la vista de la ciudad desde la ladera es absolutamente maravillosa".

Azrael simplemente sonrió y asintió suavemente en aprobación, y los dos comenzaron a caminar en dirección al sol, que aún ascendía hacia su cenit.

Muy poco se intercambió entre los dos durante su camina-
ta más allá de este pequeño rincón de civilización. Quizás
esto se debía en parte al nerviosismo persistente en Johanna, o tal vez porque tanto Johanna como su compañero
masculino entendían intuitivamente que a veces las palabras son totalmente innecesarias. Todo lo que necesitaba
comunicarse se intercambiaba suficientemente cada vez
que sus ojos se conectaban en sutiles miradas.

Cuando el silencio no era suficiente, sin embargo,
era Johanna quien se aventuraba con la pregunta ocasional. "Cuando nos conocimos por primera vez, mencionaste
que habías venido a esta insignificante parte del mundo
en busca de alguien. ¿Has hecho progresos en encontrar a
quien buscas?"

Azrael se detuvo inmediatamente al caminar. Los
ojos de Johanna y Azrael se encontraron. Ella notó un
cambio repentino en su semblante, de uno relativamente
relajado a uno claramente triste y perturbado. Instantáneamente, se arrepintió de su pregunta e intentó disculparse por aparentemente molestar a su nuevo amigo.

"¡Por favor, perdóname!" exclamó casi gritando. "A
veces soy una chica tonta y no siempre sé cuál es mi lugar. Olvida que alguna vez pregunté algo tan entrometi-
do", agregó Johanna con un espasmo, comenzando a llorar
y apartándose al hacerlo.

Azrael rápidamente reconoció que su repentino cambio de humor había asustado efectivamente y sin necesidad a esta joven mujer, por lo que de inmediato intervino, suavizando su expresión facial al mismo tiempo. "Querida Johanna, no has dicho nada por lo que debas avergonzarte o sentirte apenada, y ciertamente no tienes nada por lo que disculparte".

Aunque no sabía exactamente cómo calmar los nervios de Johanna, Azrael percibió que necesitaba asegurarse de que esta joven mujer se sintiera tranquila. Luego, lentamente, se acercó a ella, levantó su mano derecha hacia sus mejillas y suavemente apartó las lágrimas que habían comenzado a caer por su rostro. Esto, junto con las palabras de seguridad de Azrael, tuvo el efecto deseado de devolverle el brillo a los ojos de Johanna. Cediendo un poco a la tentación, permitió que su mano permaneciera en la mejilla de Johanna un momento antes de volver a retirarla a su lado.

"Resulta que estoy teniendo un tiempo bastante difícil rastreando a la persona que necesito encontrar. Mi tarea ha resultado ser mucho más desafiante de lo que esperaba inicialmente. Tu pregunta simplemente me recordó esa desafortunada realidad. Eso es todo. Soy yo quien debería disculparse contigo por haberte asustado así. Debería haber sido mucho más medido en mi reacción", dijo Azrael.

"Debes pensar que soy una niña tonta por ponerme tan emocional", respondió Johanna con un poco de sollozo.

Sacudiendo la cabeza enfáticamente, Azrael indicó su desacuerdo y añadió: "¡Al contrario!"

Azrael se enfrentaba ahora a una decisión que esperaba poder evitar mientras lucía como un ser mortal. Esa decisión inevitablemente era si revelaría o no su verdadera identidad a alguien del reino terrenal. Por supuesto, la ironía de su situación no se le escapaba, ya que el único culpable de haberse vuelto tan íntimo con un mortal era él mismo. La difícil e incómoda situación en la que se encontraba era totalmente de su propia creación. Conocía los enormes riesgos y, a pesar de ellos, eligió imprudentemente, no obstante, correr el riesgo de experimentar una vez más la intimidad mortal. Solo tenía que decidir hasta qué punto estaba dispuesto a arriesgarse. Después de una breve deliberación, Azrael decidió ser prudente en cuanto a lo que revelaría a Johanna y, en consecuencia, consideró que sería injusto para una esencia inmortal como él cargarle con semejante peso a un ser terrenal, lo cual, efectivamente, provocaría confusión total y probablemente terror.

Continuando, Azrael afirmó: "Mis problemas no deben preocuparte. No permitamos que esto arruine una salida tan maravillosa".

Johanna sacudió la cabeza en señal de acuerdo, y los dos volvieron a caminar.

Aunque sus últimas palabras estaban llenas de optimismo y aliento, Azrael no estaba seguro si las decía más para tranquilizar a Johanna o convencerse a sí mismo. De cualquier manera, no eran sinceras.

La pareja continuó caminando durante un tiempo más, disfrutando de conversaciones esporádicas antes de que ambos llegaran a la desafortunada realización de que el sol comenzaba a descender inevitablemente más allá del alcance del horizonte. Tomaron la mutua, aunque desagradable, decisión de regresar. Aunque en el fondo ambos sabían que era una eventualidad esperada, secretamente esperaban que, de alguna manera, a pesar de las leyes inmutables del universo, el sol desafiara de algún modo esos principios a los que estaba eternamente ligado y se demorara un poco más en el firmamento, permitiendo un poco más de tiempo. Por supuesto, esto no podía suceder, y Azrael acompañó a Johanna de vuelta a la sencilla casa en la que vivía con sus padres.

Al llegar a la puerta principal, agradeció cortésmente a su compañera por el agradable momento. "Disfruté enormemente de nuestro tiempo juntos. Estar en tu compañía y el paseo fue exactamente lo que necesitaba. Es lamentable que debamos despedirnos".

Mirando cariñosamente a Azrael, Johanna respondió: "Estoy completamente de acuerdo. Tal vez tengamos ocasión de volver a encontrarnos pronto". Y antes de que Azrael pudiera decir algo más, Johanna se adelantó rápidamente y le dio un beso rápido pero dulce en la mejilla derecha. Luego, y tan abruptamente como antes, Johanna abrió la puerta principal de la casa de sus padres y se retiró hacia adentro, cerrándola tras de sí.

Completamente abrumado por la emoción, Azrael se quedó parado afuera de la casa de Johanna durante varios minutos. Una parte de su esencia se sentía lleno de alegría por los sentimientos que lo recorrían. Sin embargo, la otra parte se daba cuenta de lo absolutamente absurdo de todo aquello. Absurdo porque, sin importar cuánto anhelara las experiencias mortales que alguna vez disfrutó, valoró y extrañó profundamente, estaba jugando con fuego. Azrael reconocía la triste verdad de que eventualmente terminaría rompiendo el corazón de Johanna, algo que le devastaba admitir.

✳✳✳✳✳✳✳✳✳

Errando muy lentamente, casi arrastrándose, y sintiéndose bastante tonto también, Azrael deambulaba por la ciudad, perdido en sus pensamientos. Fue durante este episodio de reflexión e introspección que de repente tuvo la fuerte sensación del surgimiento de espíritus desagradables a su alrededor. Se detuvo al instante, permaneciendo absolutamente inmóvil.

Observando el espacio y el tiempo entre los planos

mortales e inmortales, Azrael percibió la aproximación de una gran hueste de las Keres moviéndose en los Vientos Estelares en dirección a la estrella que se estaba poniendo. No había tiempo que perder. Azrael supo instintivamente que esta podría ser literalmente su única oportunidad de empezar a obtener algunas respuestas reales. De inmediato se apresuró a investigar dónde y qué estaban tramando las Keres.

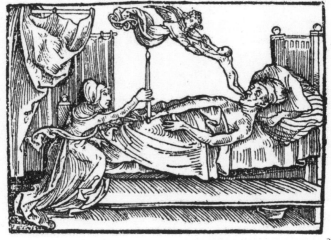

28

Entonces Allah dijo al segundo de los tres ángeles: "Ve tú y trae un puñado de polvo de la Tierra". Él también voló rápidamente hacia la Tierra e intentó recoger un puñado de su polvo, pero cuando vio cómo temblaba y se estremecía la Tierra, y cuando escuchó sus gemidos, el ángel gentil no pudo realizar la tarea y dejó caer lo que había recogido, polvo a polvo. Levantándose, regresó avergonzado y llorando a la presencia de Aquel que lo había enviado. Y Allah dijo: "Esta tarea no era para ti. No te culpo, pero apartate, y otro servicio será para ti". Luego, Allah envió al tercer ángel, quien descendió rápidamente y recogió el polvo. Pero cuando la Tierra comenzó a gemir y estremecerse en un gran dolor y una angustia temible, el ángel triste dijo: "Esta dolorosa tarea me fue dada por Allah, y Su voluntad debe ser cumplida, aunque los corazones se rompan de dolor y tristeza". Luego regresó y presentó el puñado de polvo de la Tierra ante el trono de Allah. Y Allah dijo: "Como has realizado la tarea, ahora el oficio será tuyo, ¡oh Azrael!, de recoger para Mí las almas de hombres y mujeres cuando llegue su hora; las almas de santos y pecadores, de mendigos y príncipes, de los viejos o jóvenes, pase lo que pase; incluso cuando los amigos lloren y los corazones de los seres queridos sufran con dolor y angustia, al quedar privados de aquellos a quienes aman". Así, Azrael se convirtió en el mensajero de la Muerte.

Folclore de Tierra Santa, Musulmán, Cristiano y Judío, por
J.E. Hanauer[29]

Capítulo 10

Azrael persiguió rápidamente a las despreciable Keres, pero se aseguró de no dejar notar que las estaba siguiendo. Era vital que atrapara a la criatura demoníaca justo antes de que actuara según las perversas órdenes que le habían dado, para tener la prueba exacta y la evidencia que necesitaba del mal que se desarrollaba en toda la Existencia. Si las Keres detectaban algo extraño, seguramente huirían y sin duda perdería cualquier oportunidad de llegar al fondo de esta amenaza antes de que fuera demasiado tarde.

Las Keres se deslizaban sobre el Viento Cósmico, transportadas sin esfuerzo alguno. Como esencias cósmicas, les llevó prácticamente nada de tiempo llegar a su destino en el espacio y en el tiempo. Y para Azrael, fue apenas un breve instante cuántico antes de que notara las obvias intenciones de estas criaturas diabólicas. Habían llegado a una humilde casa de campo en una comunidad rural poco importante y comenzaron de inmediato a rodear la casa como una plaga de langostas infernales, con la intención de devorar.

Durante lo que fue menos de un nanosegundo en términos mortales, Azrael reflexionó precisamente cuál debería ser su próximo movimiento. Reconoció plenamente que este era el momento sin retorno, que sus acciones a partir de este punto generarían ondas irreversibles de consecuencias tanto en el tiempo como en el espacio. Lo que también resultaba igualmente innegable era la verdad de que no existía certeza absoluta de que el resultado o resultados de sus decisiones terminaran con la Existencia recuperando su equilibrio adecuado. Por el contrario, tuvo que aceptar la desagradable realidad de que los Destinos del Universo ya no se encontraban en un movimiento reconocible para él, sino que ahora debían ser reescritos de nuevo, y si no lograba poner fin a esta creciente amenaza en todo el Universo, la Existencia podría, y probablemente lo haría, colapsar en la oscuridad total del Caos por la eternidad.

Su impulso inicial fue intervenir de inmediato y detener el mal con el que estos seres estaban a punto de comenzar. Sin embargo, se encontró deteniéndose, cuestionando sus propios instintos. La plena conciencia de la gravedad de las eventualidades que estaba a punto de desencadenar surgió, y eso le generó una reluctancia momentánea para actuar. A pesar de ese lapsus temporal, Azrael reunió suficiente compostura y se lanzó al fragor de la batalla.

Las Keres se estaban congregando en y alrededor de las singulares cámaras de esta sencilla granja de un mortal desconocido, sin renombre ni importancia alguna. Estaban a punto de cometer los actos más viles contra esa criatura cuando Azrael permitió que su presencia en la misma habitación fuera percibida por las Keres. Los demonios se congelaron inmediatamente y giraron sus formas mutiladas para enfrentarse a Azrael, manteniendo una mirada fija en él. Aunque las Keres, de hecho, se sorprendieron al ser descubiertas, estaban más agitadas que cualquier otra cosa. Al igual que otras criaturas de presa que se encuentran en el plano terrestre, Azrael percibió que las Keres comenzaban a ponerse tensas en anticipación de su inminente ataque y a agitarse para luchar. Se preparó para lo que estaba a punto de comenzar.

En el preciso momento en que la horda de las Keres, como una repugnante multitud de deformidades horribles, se abalanzó sobre él, Azrael extendió sus brazos ante ellas y convocó la autoridad cósmica con la que había sido investido. Con solo un pensamiento, hizo que la misma estructura del tiempo y el espacio se plegara sobre sí misma, y así encerró a las Keres en el Vacío Cuántico, la nada entre las realidades mortales y etéreas. Las partículas de energía que daban a estas esencias viles sus animaciones virtuales quedaron atrapadas esencialmente en el abismo entre todas las posibles actualidades. Con una onda de choque interestelar, Azrael pronunció: "¡Por la autoridad del Juicio Eterno impuesto sobre mí por el Consejo Cósmico, dicto sentencia sobre ustedes!"

Antes de emitir un juicio final, Azrael sabía que primero debía exprimir toda la información posible de estas Keres. De lo contrario, su intervención en este asunto habría sido absolutamente en vano. Por lo tanto, se apoderó de la fuerza vital de una sola Ker. Mientras dividía lentamente su energía en dos, Azrael ordenó a la Ker que revelara todo. "¿Qué esencia cósmica es responsable de ordenarles que aniquilen las almas de los inocentes? ¡Exijo respuestas!"

A pesar de esperar que la respuesta confirmara sus crecientes sospechas, Azrael quedó, completamente atónito por lo que la Ker, balbuceante y distorsionada, pronunció. "AaagghSamaaaaellgggrrraagghhh", exclamó la Ker en un grito escalofriante. Con cierta dificultad, Azrael logró entender el nombre Samael.

Azrael tuvo que tomarse un momento rápido para

recobrarse antes de continuar con el interrogatorio. Continuó preguntando: "¿Con qué malvado propósito Samael hace que las Keres realicen estas abominaciones vergonzosas?"

En un sonido igualmente espantoso, la Ker respondió: " "Cooonsssstruuuye unnn eeeejééérrrrrcitooooo..." ". Como antes, Azrael luchó por entender lo que la Ker le estaba expresando. Sin embargo, pudo captar lo suficiente. "Construye un ejército".

Azrael respondió rápidamente: "¿Qué quieres decir con *construir un ejército?*"

En un gorgoteo terrible y sádico, la Ker comenzó lo que Azrael solo pudo interpretar como una risa, y luego respondió: " Aprooooveeeeechar la exiiiiiiiiiiiiisteeeeeeenciaaaaaaa... ".

A pesar de una lucha aún mayor para comprender a la Ker esta vez, Azrael descifró exactamente lo que necesitaba. "Aprovechar la existencia."

Con un aparente esfuerzo por frustrar y, al mismo tiempo, intimidar a Azrael, la Ker agregó: " No impoooooorta, ¡toooooodooooo haaaaaaa caíííííído!" ("No importa, ¡todo ha caído!"), seguido de una risa más siniestra. Sin embargo, esta vez la inquietante risa del Ker no cesó.

En este punto, lo suficiente había sido revelado como para que Azrael pudiera inferir lo que la Ker estaba insinuando. Y ahora que esta última Ker ya no tenía ningún valor para su investigación, Azrael se movió rápidamente para deshacerse de ella. En el tiempo que le lleva a una partícula de luz cruzar el Universo y regresar, Azrael desgarró la fuerza vital de la Ker, dejando rastro alguno de su antigua realidad en los espectros de la Existencia.

Sin embargo, eliminar a las Keres no tuvo el efecto que Azrael esperaba. En realidad, no brindó absolutamente ninguna comodidad. Y desafortunadamente, él sabía que el incidente finalmente resultaría ser insignificante. Deshacerse de las Keres no solucionaba nada y, Azrael tenía que admitirlo, posiblemente complicaba más las cosas a largo plazo. ¿Hasta qué punto se volvería Samael más agresivo como resultado de sus acciones y su obvia participación en tratar de detener sus maquinaciones? Era una pregunta que no quería tener que considerar.

La otra pregunta que pesaba mucho sobre él era cómo iba a poner fin a Samael y sus planes destructivos. Eliminar a un grupo de las Keres era una cosa, pero lidiar con Samael sería algo completamente diferente. También él estaba investido con el Poder del Juicio, al igual que Azrael. La otra variable desconocida que se debía considerar era cuánto más poderoso podría haberse vuelto Samael durante el transcurso de llevar a cabo sus despreciables planes. Azrael se preocupaba de que, en última instancia, podría estar condenado al fracaso, a menos que pudiera contar con la ayuda de otras esencias cósmicas.

El encuentro con las Keres, aunque obviamente desagradable y algo que Azrael realmente hubiera deseado evitar por completo, resultó valioso en el sentido de que le permitió vislumbrar más allá del velo de misterio absoluto que rodeaba las intenciones de Samael. Aunque varias cosas aún eran totalmente confusas para Azrael, había una cosa que sabía con certeza lamentable. El ser eterno conocido como Samael estaba y había estado intentando algo horrendo, algo malvado en una escala nunca antes concebible.

Hasta ahora, todas las pruebas recopiladas y presenciadas obligaron a Azrael a llegar a varias conclusiones desafortunadas. Su interpretación de lo que la Ker había pronunciado era que Samael estaba en proceso de reunir un ejército para su causa. Esa causa, al parecer, era crear un desequilibrio entre las realidades de la Existencia y, en última instancia, destruirla. Para lograr esto, Samael había ordenado a su descendencia demoníaca que injustamente eliminara la Energía de la Vida de los seres justos y, por lo tanto, utilizar ese poder para fortalecer la realidad negativa de la Existencia. De ahí, el desequilibrio del Universo.

La Existencia, si las obras impías de Samael no se contrarrestaban, se sumiría en la nada; la completa ausencia de todo lo que era, es o alguna vez sería. ¿Intervendría el Consejo de Serafines para apoyar sus esfuerzos contra Samael y, de ser así, sería demasiado tarde[30]? Solo los Destinos lo revelarían finalmente. Una cosa era segura: Azrael sabía que al menos debía presentar estos asuntos ante el Consejo de Serafines y buscar su guía y sabiduría.

Capítulo 11

Viajando a través de los Vientos Cósmicos, a lo largo del Plano Etéreo, la esencia de Azrael se encontró instantáneamente ante el Consejo de Serafines. Era en esta misma forma energética que también se comunicaría con esta congregación divina, una firma de energía entre otras. Azrael no estaba completamente seguro de si su informe sería recibido con el sentido de urgencia que merecía. De repente, entendió por primera vez que la Existencia, tal como era, es y sería, descansaba plenamente en su esencia.

✳✳✳✳✳✳✳✳✳

El Consejo de los Serafines dio la bienvenida a su amado siervo Azrael, como siempre lo hacía, y en respuesta unificada, *"Azrael, leal instrumento de la Existencia, ¿qué necesidad tienes de este cuerpo?"*

Después de dudar al principio, Azrael comenzó a regañadientes, "Gratitud eterna, Grandes Seres, por permitirme esta audiencia. Traigo un informe urgente de lo que tengo razones para creer que podrían ser noticias malas".

"Por favor, continúa; habla libremente", resonó el Consejo de los Serafines, invitando a Azrael a seguir adelante.

"Atado para siempre a viajar en el tiempo y el espacio en nombre de la Existencia, y en el cumplimiento de mi llamado divino, he sido testigo y conocedor de un creciente cuerpo de evidencia que me lleva a creer que una esencia cósmica, muy cercana a este Gran Consejo mismo, ha estado actuando con el propósito de perturbar en última instancia el equilibrio fundamental que existe entre las fuerzas del Bien y del Mal", comenzó la esencia de Azrael.

No hubo una respuesta inicial por parte del Consejo de los Serafines, por lo tanto, Azrael tomó esto como una señal de que debía continuar con sus comentarios. "A lo largo de la vasta expansión del Universo, ha habido almas justas cuya Esencia de Vida les ha sido arrebatada prematuramente por las Keres, las criaturas demoníacas que hacen el trabajo de Samael. Por lo tanto, esas almas están siendo consumidas en última instancia por la realidad negativa en lugar de la positiva. Por esta razón, debemos asumir que Samael está involucrado de alguna manera en estas acciones que claramente tienen la intención de hacer que el equilibrio armonioso que mantiene la Existencia se desenrede gradual e inevitablemente. Desafortunadamente, no sé nada más con certeza en este momento. Sin embargo, sentí fuertemente que esto debía ser llevado urgentemente ante el Consejo".

Una vez más, no hubo una respuesta inmediata. Azrael comenzaba a preocuparse cuando el Consejo finalmente dijo: *"Querido Azrael, fiel y eternamente leal servidor. Gratitud. Hablas la verdad. También hemos tomado nota de los disturbios desagradables de los que hablas. Hasta este punto, no sabíamos qué estaba ocurriendo con tantas almas no reclamadas. Tu presencia ante nosotros ahora, sin embargo, confirma la grave naturaleza de este asunto. Te instamos, Azrael, a seguir investigando estas condiciones que se están desarrollando y regresar con prontitud con un informe adicional. Mientras tanto, reflexionaremos sobre estas preocupaciones".*

Azrael de repente sintió una medida de calma recorrer su esencia, no porque el asunto de Samael y en el qué podría estar involucrado se hubiera resuelto en alguna medida pequeña simplemente con este diálogo, sino más bien porque esperaba que esto fuera una señal de que

ya no estaba solo al enfrentar estos desafíos que seguramente vendrían. Azrael sintió cierta confianza, aunque no
del todo.

Antes de salir de la presencia divina del Consejo de
Serafines, Azrael se detuvo para evaluar la situación. *Mi
misión ahora está muy clara.* Luego regresó para cumplir
con su llamado en el plano físico y reanudar su investigación en curso del mal que se desenvolvía en todo el
Universo.

Capítulo 12

Incluso antes del comienzo, existían dos fuerzas opuestas en perfecta armonía equilibrada, una contrarrestando a la otra en un equilibrio fluido y sin fisuras de realidades duales. Esas realidades duales eventualmente dieron origen a energías igualmente opuestas, las actualidades Positiva y Negativa. Estas energías polarizadas dieron origen a la materia que portaba fuerzas vitales Positivas o Negativas, los descendientes y la eventualidad de la Existencia. Y así, se forjaron el Bien y el Mal en el lenguaje de las formas de vida de carbono. No puede haber uno sin el otro. A pesar de la obsesión interminable que las criaturas terrestres tienen por esforzarse desesperadamente en eliminar todas las cosas que se consideran malvadas de su corporeidad, lo que no logran comprender en absoluto es que la naturaleza misma de su materialidad solo puede ser posible debido al contrapeso de lo Negativo. Esta estasis eterna absolutamente necesaria en la polarización de la Energía de la Existencia se encuentra ahora amenazada.

Hubo un lapso de tiempo y espacio durante el cual una circunstancia existencial fundamentalmente importante no se comprendía del todo acerca de la Existencia. Cuando los seres mortales fallecían, no se garantizaba que sus respectivas energías se reunieran con la de la Creación. En algunos casos, sí ocurría, mientras que, en otros, los espíritus de las criaturas de carbono permanecían en una especie de limbo cósmico, destinados a quedarse atrapados por la Eternidad en el vacío entre realidades cuánticas, el abismo entre el plano etéreo y su antiguo plano físico, en el Olvido. No existía un mecanismo cósmico para asegurar una transición fluida de la esencia desde una forma de vida terrestre hasta su fuente original. Esta condición amenazante tuvo el efecto de crear un desequilibrio entre las fuerzas positivas y negativas dentro de la Existencia. Este fue el caos primordial.

Cuando las capas de carbono creadas por cualquiera de estas fuerzas ya no pueden sostener la energía cósmica contenida en ellas, esa porción de la Energía de la Vida debe ser reciclada de vuelta a la Existencia para poder continuar y mantener el flujo armónico crucial de las energías opuestas de la Vida, dando lugar en última instancia a nuevas creaciones. Es un ciclo eterno sin un comienzo ni un fin. La Existencia solo es porque ha existido una tranquilidad constante entre las realidades dentro de la Creación. Cualquier inclinación parcial de la Escala Cósmica hacia el desequilibrio provocaría que la Existencia colapse sobre sí misma y se convierta en la nada. Esa nada, o ausencia de Existencia, se convertiría en la única realidad de la Eternidad. La nada engendraría más nada. Por necesidad, la Existencia permitió la presencia de esencias cósmicas, dotadas de una infinitesimal fracción de la fuente de la Energía de la Creación, para mantener la simetría continua en la que se basa la Existencia. Por tanto, el Consejo de los Serafines supervisa todas las posibles eventualidades en este sentido. Es este mismo consejo divino el que comenzó a notar que las esencias de las almas mortales estaban desapareciendo[31].

Aún no se comprendían completamente varios aspectos de algunos fenómenos del Cosmos. Algunas de las esencias dentro del Consejo de los Serafines creían firmemente que los espíritus de algunos seres estaban reencarnando, mientras que otros podrían quedar atrapados en el Olvido tal vez. No obstante, estas eran simplemente teorías que necesitaban ser investigadas[32].

El Consejo de los Serafines, por su parte, separó varios expedientes con el fin de ayudar en la eficiencia para mantener el orden en la Existencia, ordenando aquellas esencias con la Palabra de la Muerte y, por lo tanto, la autoridad adecuada para llevar a cabo sus llamados celestiales[33]. Con el fin de que los poderes negativos y positivos de la Creación se reciclen correctamente, el Consejo de los Serafines determinó que había suficiente sabiduría al otorgar esencias responsables de supervisar estas dos realidades opuestas a medida que se retiran de la criatura mortal que ellos engendraron y regresan a los Orígenes de la Existencia[34]. Además, el Consejo de los Serafines decidió que las esencias más adecuadas para estas responsabilidades respectivas deberían ser criaturas anteriormente corporales, su condición anteriormente mortal les proporcionaría una perspectiva invaluable en los roles que asumirían. Azrael y Samael fueron los dos seres anteriormente mortales elegidos.

Azrael y Samael fueron una vez seres mortales. La experiencia terrenal de Azrael fue la segunda iteración de su energía, no diferente de las otras criaturas de carbono en innumerables cantidades creadas por la Energía de la Existencia. Por todas las definiciones, podrían haber sido descritos como personas íntegras, hombres que ganaron una tremenda cantidad de respeto de otros de su misma naturaleza basada en carbono. Entre sus respectivos pares, o aquellos que los conocían, incluso se podría decir que Azrael y Samael eran los más sabios entre ellos; hombres buscados para consejo y guía. De todas las formas de vida de la Creación, el Consejo de los Serafines encontró sabiduría al seleccionar a Azrael y Samael entre la infinita Creación. Así, las entidades una vez conocidas en la mortalidad como Azrael y Samael fueron apartadas con una partícula de esa Fuente de Existencia, conocida como la Palabra de la Muerte. Con esta sagrada autoridad, a Azrael se le encomendó escoltar la fuerza vital de las creaciones positivas, mientras que Samael, por su parte, las de las negativas. Juntos, por lo tanto, se estableció un equilibrio eterno que se ha mantenido desde tiempos inmemoriales.

Durante milenios y milenios, Azrael ha servido fielmente a la Existencia y al Consejo de los Serafines para eliminar a las sombras oníricas, comúnmente conocidas por los mortales como fantasmas, de su vínculo con el plano corpóreo. En ocasiones, brinda consuelo a las almas que parten, difundiendo una doctrina de paz y tranquilidad. Esto contrasta directamente con el papel de Samael y la categoría de criaturas terrenales de las cuales él es responsable. Samael haría que las almas a su cargo teman sus últimos momentos de recuerdo, aterrorizadas por el destino que les espera. Sin embargo, tanto Azrael como Samael tienen prohibido intervenir directamente en el curso natural de la existencia de un mortal, incluyendo oponerse o contrarrestar cualquier acción incorrecta de otras esencias celestiales. Por decreto del Consejo de los Serafines, en cumplimiento de las Leyes de la Existencia a las que están obligados a defender, a los ángeles de la muerte no se les permite tener un papel en causar o prevenir la muerte de un ser mortal. La forma en que una entidad corpórea llega a su fin no depende de un ángel de la muerte, sino única-mente del Destino, tan aleatorio como la formación de la vida terrestre a partir de la Energía de la Creación[35].

Con la Palabra de la Muerte, Azrael y Samael tienen la capacidad de existir y moverse libremente entre los planos Etéreo, del Olvido y Físico de la Existencia. Esta na-turaleza dual es absolutamente crucial, permitiendo auto-ridad en todas las dimensiones de la Existencia. Azrael y Samael siempre han mantenido el sagrado equilibrio en la Creación, y, en consecuencia, siempre se han obedecido estrictamente las Leyes de la Existencia... hasta ahora. Algo ha cambiado claramente para Samael. Un aterrador plan está comenzando a desplegarse ante Azrael.

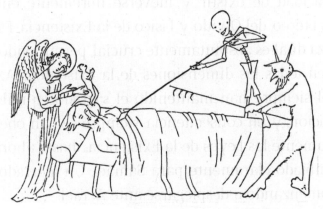

36

"Cuando llegó el momento de que Moisés estuviera a punto de morir, Samael, el ángel lleno de enemistad hacia los
hombres, se presentó ante el trono del Altísimo y dijo:
'Permíteme tomar el alma de Moisés'. Pero Dios le dijo a
aquel ángel llamado Severidad de Dios: '¿Cómo tomarías
su alma? ¿De su rostro? ¿Cómo te acercarías al rostro que
ha contemplado mi rostro? ¿De sus manos?'"

La Confusión del Ángel de la Muerte, pág. 55[37]

Capítulo 13

"Soy el destructor de la vida[38]. Soy el portador del mal, enemistad hacia toda la creación. Soy el Acusador y el principal entre los demonio[39]s. Soy Dumah[40], el adversario de las criaturas mortales. Soy Mashhit, y el Ángel del Martes; el gobernante del Quinto Cielo, Machon, y de la Primera Hora[41]. Soy un veneno y una plaga para la Creación[42]. Soy la severa ira de la Existencia. Soy el Caos sin control. Soy el Último. Soy Samael, el Ángel de la Muerte."

✱✱✱✱✱✱✱✱✱✱

"En un tiempo y lugar, desde hace mucho tiempo pasado y olvidado, yo existía. Fui un valiente y gran guerrero entre los míos, celebrado por mi tremenda destreza y habilidades dentro y fuera del campo de batalla. No había ninguno entre mi pueblo que fuera superior a mí. Muchos valientes, distinguidos y dignos combatientes cayeron a mis manos mientras yo respiraba. Por esta razón, los seres mortales de mi raza me eligieron por encima de todos los demás para ser su figura de autoridad indiscutible. Guiados por un puño firme, enfoque único e inquebrantable, y una rápida retribución, mi pueblo fue gobernado hacia una era de prosperidad y prominencia sin igual entre otras criaturas terrestres. La tranquilidad de mi reinado, sin embargo, no duraría. Elementos subversivos y deshonrosos conspiraban y se movían entre mi pueblo como un cáncer o virus, propagando falsedades y corrupción. Al final, la Creación me llamó a casa mucho antes de que fuera mi tiempo.

"En lugar de reunirme finalmente con la fuente de la Energía de la Vida para comenzar mi descanso eterno, una recompensa merecida por todos los guerreros notables, mi esencia fue limitada a servir los designios de la Existencia y, como tal, encarcelada por la eternidad. Por tiempo y espacio infinitos, he reunido incansablemente las esencias más despreciables entre las entidades de carbono fallecidas, los condenados, aquellos rodeados por la oscuridad, obligado a enfrentar mi propia muerte prematura para siempre, mientras enfrento la realidad de que mi propia paz nunca se hará realidad[43]. La Existencia escribe los nombres de los seres mortales en las hojas del Árbol de la Vida. Cuando esas hojas se marchitan, se dispersan y caen, las recojo y recolecto las almas escritas en ellas para su eliminación final.

"Estaré infinitamente resentido con mi destino. Como se dice en el coloquialismo del ser físico que una vez fui, la última risa será mía. Antes de que termine, la Existencia dejará de ser, llevándome así a mi descanso final. No me perturba que la terminación de mi esencia también coincida con el mismo resultado para la Existencia.

"Estoy cansado."

Capítulo 14

Después de un período significativo, según los medios comunes de medición en el reino físico, Azrael finalmente se tomó un momento para contemplar y asimilar lo que desafortunadamente había descubierto, y para intentar formular una noción mucho más firme sobre lo que Samael estaba tramando.

Lo que ahora sé y de lo cual ahora tengo constancia de pruebas, debe ser compartido inmediatamente ante el Consejo de los Serafines. La prisa es crucial, pensó Azrael para sí mismo mientras permanecía en el Olvido entre los planos Etéreo y Físico. Sin dudarlo más, una vez más se dirigió hacia una audiencia con ese gran cuerpo.

✷✷✷✷✷✷✷✷✷✷

Una vez en la distinguida presencia del cuerpo del Consejo de los Serafines, Azrael fue recibido y abrazado una vez más. *"Bienvenido, fiel. ¿Qué tienes para informar?"*

"Con la ayuda de vuestros siervos, los Grigori y los Mercurianos, y bendecido con sus capacidades para interpretar el Pergamino Etéreo, fuimos capaces de rastrear y desenmascarar con precisión lo que ha sucedido con tantas almas perdidas. Estas almas en cuestión, las esencias de aquellos seres mortales antes justos, están siendo reconstituidas como espíritus malignos y liberadas en el Plano Terrestre para servir aún más a las maquinaciones de Samael", comenzó Azrael sin preocuparse por formalidades o frivolidades.

"Continúa", ordenó el Consejo de los Serafines, como uno solo.

Azrael procedió sin demora. "Nos está claro ahora que Samael no solo está directamente involucrado en este mal, sino que es la entidad misma detrás del complot, guiando y fomentando el mal. Samael ha estado dirigiendo a sus servidores de condenación, las Keres, para que busquen y devoren las esencias de las criaturas mortales buenas y regresen a él con la energía de esos seres anteriores. A su vez, y a pesar de la prohibición de hacerlo, Samael está utilizando sus poderes cósmicos para reencarnar algunas de estas esencias en forma de espíritus negativos en carbono, mientras que los demás están condenados a ayudarlo a ampliar aún más el desequilibrio que crece en la Existencia. Además, las almas malvadas que deberían haber sido terminadas están siendo atadas al plano corporal como sombras de sueños y son comandadas por Samael y dirigidas para influir y fomentar el mal entre los vivos. Creo firmemente que la intención de Samael es llevar al colapso de la Existencia hacia la Nada. La razón precisa, la naturaleza de sus motivaciones o por qué Samael se ha apartado de la Existencia sigue siendo un misterio absoluto. Como su humilde siervo, busco la guía divina y el liderazgo del Consejo[44]".

"Este Consejo está ciertamente muy perturbado por estas revelaciones recientes", fue todo lo que dijo el Consejo de Serafines, con una pausa relativamente larga, incluso según los estándares de las esencias eternas.

Azrael esperaba en una anticipación incómoda, y cuando el Consejo de los Serafines finalmente continuó, su tono era serio y lleno de una tremenda solemnidad. *"Estas son noticias graves y terribles que traes ante este Consejo y requieren respuestas igualmente graves y desafortunadas. Debido a sus malvadas intenciones, cuyos resultados, si no se controlan, serán catastróficos eternamente, Samael ha puesto en marcha circunstancias y condiciones que amenazarán la santidad del equilibrio cósmico y, con certeza, eventualmente desgarrarán la Existencia, a menos que se le detenga y se reviertan sus acciones".*

Una vez más, el Gran Consejo guardó silencio, y una vez más, Azrael se encontró esperando más comunicación.

Finalmente, el Consejo de los Serafines continuó: *"Azrael, leal Hijo de la Existencia, Mano Derecha de la Creación, tu esencia nunca eligió esta misión cósmica, sin embargo, estás cumpliendo tu llamado con la mayor dignidad y honor que cualquier esencia podría tener. Con un dolor infinito, dudamos en pedirte lo que consideramos que debemos pedirte".*

Antes de que el Consejo pudiera terminar, Azrael intervino. "Preguntadme a mí, os lo ruego; sea cual sea la sagrada voluntad y deseo del Gran Consejo en su divina e ilimitada sabiduría".

"Pero, Azrael, ya sabes lo que este Consejo requiere de ti", proclamó el Consejo.

Y era cierto. Azrael ya entendía la significativa responsabilidad que tenía ante sí. Era su carga encontrar una manera no solo de poner fin a Samael y sus Keres en cualquier otro acto cósmico de maldad, sino también de revertir el desequilibrio creado por sus acciones. Sin embargo, la pregunta más preocupante que aún quedaba sin responder no era si tenía suficiente determinación para llevar a cabo este nuevo llamado que se le presentaba, sino si podría hacer lo suficiente a tiempo.

El Consejo de los Serafines continuó diciendo: *"La tarea que ahora se te exige es de absoluta necesidad para la restauración de la armonía vital de la Existencia. De todas las esencias del Universo, la tuya ya ha demostrado su valía a través de la Creación más allá de toda medida. Tu humildad y dedicación singular de propósito honran a la Existencia. Este Consejo desearía no tener que recurrir a ti para tratar este asunto monumental, pero como tú mismo ya has reconocido, solo tú y otra esencia habéis sido dotados con la Palabra de la Muerte. Ni siquiera este Consejo ha sido agraciado con un poder tan magnífico. Por lo tanto, solo tú tienes la autoridad adecuada para enfrentarte a tu contraparte, Samael.*

"Sin embargo, este Consejo no te liberará para enfrentar a Samael sin antes brindarte una ventaja. Las Leyes de la Existencia te impiden ejercer el comando necesario para lidiar con este desafío particular. No obstante, Azrael, Llama Eterna de la Esperanza, nosotros, el Consejo de los Serafines, Eternos Supervisores de la Existencia, por la presente otorgamos a tu esencia el Poder del Juicio, elevándote así en estatus por encima del de Arcángel, con prominencia sobre la esencia de Samael y dominio sobre los recursos galácticos necesarios. Además, hemos ordenado a nuestros Mercurianos y Grigori que te acompañen en esta peligrosa misión. Por lo tanto, con esta nueva llamada y el Poder Cósmico consiguiente, tú y tus Servidores tendrán

la autoridad apropiada y las bendiciones de la Existencia para restaurar el equilibrio a través de cualquier medio necesario".

Azrael permitió que la gravedad y la importancia de los solemnes acontecimientos se hundieran profundamente en su interior antes de dar una respuesta. "Soy lo que soy: el humilde vástago de la Creación. En última instancia, soy lo que la Eternidad requiere que sea".

Con eso, Azrael partió instantáneamente de la presencia del Consejo Divino.

✱✱✱✱✱✱✱✱✱

Azrael reflexionó profundamente sobre la conferencia con el Consejo Divino, el compromiso que había adquirido y todas las implicaciones que surgían como resultado. Se vio obligado, por lo tanto, a aceptar la amarga y dura realidad de que, aunque estaba seguro de que comprendía relativamente bien los planes de Samael y a pesar de haber llamado la atención del Gran Consejo de Serafines sobre esto, en esencia no estaba más cerca de detener los malvados planes de Samael. También se vio obligado a admitir para sí mismo que descubrir las intrigas de Samael en realidad no había logrado nada significativo, al igual que reunirse con el Consejo no tuvo un efecto general o inmediato. La cruda realidad era que, sin un plan directo para contrarrestar los acontecimientos en curso, Azrael estaba condenado a un fracaso absoluto y desesperanzador, y así la Existencia también se desmoronaría y dejaría de ser.

Decir simplemente que Azrael estaba contemplando los próximos pasos que debía tomar para avanzar sería la afirmación más errónea. Estaba completamente angustiado y atormentado tratando de calcular y recalcular el camino más plausible para contrarrestar eficazmente las malas intenciones de Samael. Sin embargo, cuanto más elaboradas eran las ideas, más convencido estaba de lo espectacular que probablemente fracasarían. El conocimiento de que rendirse de ninguna manera era una consideración solo exacerbaba la creciente presión que recaía sobre su esencia.

¿Cómo puedo ayudar posiblemente a la Creación a enfrentar el mal de Samael? -se preguntó Azrael, lleno de frustración y angustia-. La pregunta parecía lo suficientemente inocente, pero probablemente no tenía una respuesta probable, ni generaría resultados útiles. Azrael casi la planteó de manera retórica, creyendo firmemente que no daría ningún fruto probable. Sin embargo, fue en esta pregunta relativamente simple que, de manera sorprendente, comenzó a surgir lentamente la chispa de la respuesta que buscaba.

¿Podría funcionar en realidad?, reflexionó Azrael.

Azrael concluyó entonces que la acción más productiva sería utilizar las tácticas propias de su enemigo en su contra. Por lo tanto, dirigiría a los Grigori[45] y Mercurianos para detener y eliminar a las Keres y recuperar las almas perdidas en el Negativo, mientras él, Azrael, Agente de la Existencia, recolectaría la Energía de la Creación de los mortales inicuos en nombre del Positivo[46]. Una vez neutralizado Samael, Azrael podría detenerlo y llevarlo a juicio ante el Consejo de los Serafines, quienes dictarían un destino digno de sus malas acciones.

A pesar de comprender instintivamente que sus planes para contrarrestar a Samael estaban claramente llenos de dificultades, giros y obstáculos imprevistos que aún era demasiado ingenuo para comprender, Azrael sabía que era la única idea que podía resistir lógicamente los desafíos que se le presentaban. Era la única y última oportunidad que tenía la Existencia, por lo que sabía que tenía que hacerla funcionar.

Capítulo 15

"¡Reúnanse ante mí todos mis fieles siervos!" llamó Samael, mientras permanecía en el Vacío Cuántico entre los planos de la Existencia. "¡Ha llegado finalmente el momento y es realmente propicio para que cumplamos mi destino! ¡La Existencia no será más, al llegar del amanecer de la Oscuridad!"

Mientras este mensaje se compartía, una multitud de huestes de las horribles Keres de Samael, junto con un número igual de las Fuerzas de Vida de las innumerables almas secuestradas, así como una variedad de otras entidades oscuras, se acercaron a su esencia y comenzaron a enjambrar a su alrededor como una nube de langostas o alguna otra plaga mortal similar. La escena hubiera sido, de no ser por su catastrófica realidad, realmente impresionante en alcance, la acumulación de milenios de engaños y maquinaciones desleales. Samael parecía cada vez más complacido consigo mismo mientras más tiempo se deleitaba con la atención de las hordas de formas malévolas, su esencia estaba casi explotando con una exuberancia impía.

Samael continuó dirigiéndose a la multitud cada vez más calamitosa. "¡Saludos, mis queridos hijos!" Luego se rió para sí mismo al percibir la ironía enfermiza en la declaración. "Disfruten de mi gloria. Aliméntense y obtengan fuerza eterna de mí, ¡porque soy la condenación eterna!" Cuando Samael se detuvo, la multitud se reunió ante él, pareciendo reconocer instintivamente que era hora de recibir más instrucciones.

"Descendencia mía, en verdad habéis sido muy laboriosos. Esto me complace enormemente." Volvió a reír mientras continuaba: "Puedo sentir cómo la misma estructura de la Existencia comienza a desgarrarse y dividirse a lo largo de las costuras de la Realidad. Un torrente del Caos está empezando a filtrarse por esas grietas que juntos hemos creado. Tengo una confianza suprema en que, muy pronto, todo colapsará, cumpliendo así con nuestro llamado.

La hora que todos hemos esperado, el momento en el que debemos avanzar con toda la magnitud de nuestra fuerza, está cerca. Ya no más ocultarse en las sombras y rincones de la Existencia. Ahora, escuchad mi mandato. Adelante: sois libres de introducir tanto caos como deseéis. Nada os detendrá. A partir de este punto en el tiempo y el espacio, no habrá forma concebible de deshacer y revertir el camino que hemos trazado para el Universo. El impulso es completamente nuestro. Id, terminemos lo que hemos comenzado, provocando el fin de la Realidad y, por ende, el sufrimiento eterno."

✱✱✱✱✱✱✱✱✱

A medida que el incontable número de esencias salvajes que llaman a Samael su maestro comenzaron a moverse a través de las infinitas extensiones de la Existencia, Samael comenzó a reflexionar para sí mismo: *Las únicas incertidumbres que se ciernen son cuánto de mis planes sabe o sospecha Azrael, y si logró obtener todo el peso y apoyo del Consejo Seráfico profano.*

Azrael siempre fue y siempre será nada más que un discípulo ciegamente fiel de ese cuerpo retorcido y demagógico que falsamente pretende actuar como intermediario en nombre de la Existencia. El Consejo castiga su debilidad como esencia inmortal, considerándolo culpable de una traición imperdonable a su autoridad cósmica, y, sin embargo, posteriormente lo recompensa con el privilegio de guiar las esencias de los seres justos de regreso a la fuente de toda creación. Yo, en cambio, fui un ser mortal admirado y reverenciado, que nunca había transgredido. Sin embargo, en su lugar, fui condenado a la esclavitud eterna de las peores energías que jamás hayan surgido de la Creación. Hubiera sido mejor que me hubieran borrado por completo de la Existencia.

Independientemente de lo que él pueda saber, podría resultar difícil al final si decide actuar rápidamente para contrarrestar mis intenciones. No hay forma posible de enfrentarme directamente a Azrael, especialmente si cuenta con la ayuda del Consejo. Si lo que me han informado las Keres es cierto, entonces Azrael ha encontrado otra distracción mortal. Es sumamente decepcionante que no pueda utilizar el conocimiento de los escarceos de Azrael con los despreciables seres corpóreos ante el Consejo, para eliminarlo como un obstáculo en mi camino de una vez por todas. La trágica ironía de hacerlo, sin embargo, sería que su caída sería también la mía. Esta información, no obstante, podría resultar útil de otras formas.

Por lo tanto, necesitaré moverme aún más rápido y cruelmente si quiero poner en marcha con éxito aquello que nunca podría deshacerse. La furia completa de mis legiones de secuaces debe ser desatada a lo largo del tiempo y el espacio, sin reservas. Y sé exactamente cómo comenzar. Así, no habrá oportunidad para ningún ser, sin importar su autoridad, de contrarrestar el caos absoluto que se introducirá en toda la Existencia. Azrael, y cualquier otro esclavo del Consejo, descubrirán que están completa y totalmente abrumados. Pues la oscuridad se precipitará, consumiendo todo a su paso. Solo yo quedaré ante la Creación... para apagar la última llama restante de la Existencia.

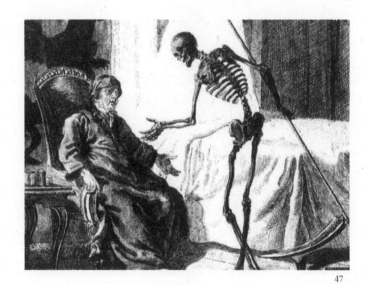

47

"En ese momento, el Ángel de la Muerte se encontró con un hombre devoto, a quien el Todopoderoso Alá había aceptado, y lo saludó. Él devolvió el saludo y el Ángel le dijo: "Oh hombre piadoso, hay algo que necesito de ti que debe mantenerse en secreto". "Dímelo al oído", dijo el devoto, y el otro respondió: "Soy el Ángel de la Muerte". El hombre respondió: "¡Bienvenido seas! ¡Y alabado sea Alá por tu venida! Estoy cansado de esperar tu llegada, pues has estado ausente por mucho tiempo del amante que te anhela". El Ángel dijo: "Si tienes algún asunto pendiente, resuélvelo", pero el otro respondió: "No hay nada tan urgente para mí como el encuentro con mi Señor, a quien le sea dada honra y gloria". Y el Ángel dijo: "¿Cómo deseas que tome tu alma? Se me ha ordenado tomarla como tú desees y elijas". Él respondió: "Espera hasta que haga la ablución y rece, y cuando me postré, entonces toma mi alma mientras mi cuerpo está en el suelo". El Ángel dijo: "En verdad, mi Señor (¡sea Él ensalzado y exaltado!) me ordenó no tomar tu alma sino con tu consentimiento y como tú deseas, así haré tu voluntad". Entonces el hombre devoto hizo la ablución menor y rezó, y el Ángel de la Muerte tomó su alma en el acto de postración y el Todopoderoso Alá la llevó al lugar de misericordia, aceptación y perdón."

"El Ángel de la Muerte con el Hombre Orgulloso y Devoto"
(un cuento de Las Mil y Una Noches)[48]

Capítulo 16

La pura e indefinible inmensidad de la Existencia es algo que los medios de expresión disponibles para las criaturas mortales son simplemente demasiado insuficientes para comprender y, por lo tanto, explicar. Muchos seres terrestres a lo largo de las vastas extensiones de la Creación han intentado describir lo que creen del Cosmos. Sin embargo, sus sonidos groseramente imperfectos están muy lejos de la tarea fútil. Tal vez ese sea precisamente el punto. Ninguna entidad basada en carbono, por sabia o iluminada que sea, podría reunir la colección correcta de sílabas en la secuencia precisa para formar las palabras que les permitan retratar en última instancia y de manera precisa la incomprensible amplitud de la Existencia, por la misma razón por la cual los seres falibles no pueden comprender completamente el concepto matemático de la infinitud. La Existencia no consideró apropiado otorgarles a las entidades temporales tal autoridad de comprensión.

Sin embargo, en el habla vulgar de muchas lenguas mortales, hay muy poco, si es que hay algo, que se pueda comprender de la magnificencia de la Creación. Cualquier intento de explicar la Realidad, antes de ser concebido siquiera, estaría equivocado. La Existencia es verdaderamente infinita en las definiciones más rigurosas y literales del concepto. Sin embargo, incluso eso es un descriptor en gran medida imperfecto. La Creación no está restringida, no está limitada, y se expande constantemente a través de planos y dimensiones ilimitados. La Creación es la Existencia y la Existencia es la Creación, sin principio ni conclusión, siempre Realidad. Todo lo que conforma la amplitud infinita de la Creación a lo largo del tiempo y el espacio está fragmentado y a la vez unificado. La Energía de la Vida une el tejido mismo de la Realidad, pulsando, entrelazándose y uniendo la Existencia.

Esta realidad, esta existencia, ahora estaba siendo amenazada con desentrañarse por las intenciones retorcidas de Samael.

Después de dejar la presencia del Consejo de los Serafines y después del viaje instantáneo dentro y a través de la vastedad del tiempo y el espacio, Azrael había regresado para adoptar su forma física anterior entre sus amadas formas de carbono terrestres.

Al llegar el amanecer, Azrael se encontró frente a la dispersión de los primeros rayos de luz del día.

"Nunca me canso de capturar la magnificencia de la luz virginal del día, las primeras olas de esa energía vigorizante y luminiscente, la misma Energía de la Vida, bañando todo con su resplandor", susurró Azrael para sí mismo. "Si tan solo todas las criaturas pudieran o quisieran apreciarla así, por su pureza. La Energía de la Vida no discrimina a nadie, llegando y bendiciendo a todos". Durante unos momentos más, se complació admirando la forma gradual en que la luz del día conquistaba el paisaje a su alrededor en pequeños incrementos. Simplemente se mantuvo de pie, con los brazos extendidos, el pecho y la cara levantados al cielo, esperando pacientemente el abra-zo solar eventual.

Azrael entonces comenzó a evaluar el hecho de que Samael y sus horrendos agentes de maldad habían comenzado lo que solo podía describirse como un ataque total a la Existencia; un esfuerzo concertado para lograr un desequilibrio irreversible en ella. Billones, si no cientos de billones, de mortales inocentes y justos estaban siendo golpeados prematuramente de una manera grotesca con la ayuda de los secuaces de Samael. Desafortunadamente, el mal se estaba levantando para llenar el vacío dejado atrás a su paso.

Azrael pensó para sí mismo: *"Claramente, es la intención de Samael actuar contra la Existencia antes de que el Consejo de los Serafines, o yo, podamos iniciar una respuesta o un contraataque de alguna manera. ¿Será consciente de mis sospechas, me pregunto?"*

Casi tan pronto como estos pensamientos se formaron, un miedo intenso y terrible surgió rápidamente en su interior, tomando el control total. *¿Qué pasaría con Johanna?*

Apresurándose todo lo posible mientras habitaba la forma física de un mortal, Azrael se dirigió a la residencia de Johanna y sus padres. Sin embargo, se obligó a detenerse por un momento cuando se encontraba a unos veintitantos metros de la humilde morada e intentó controlar sus emociones en cierta medida. Azrael temía las horribles posibilidades de lo que encontraría.

Continuando con su aproximación, Azrael caminaba con cautela, casi de manera exagerada. Observaba a su alrededor, observando y absorbiendo cada detalle. No se escuchaba ningún sonido; nada audible ni para mortales ni para inmortales. Azrael era consciente de lo ominoso que era ese signo. Agudizó sus sentidos en busca de algún indicio de vida dentro de la morada y no encontró ninguno. Un escalofrío recorrió su cuerpo mortal. Pronunció una oración silenciosa deseando estar equivocado, deseando que simplemente estuvieran fuera. Pero en lo más profundo de su ser sabía que había llegado demasiado tarde.

Azrael se concentró en el interior de la recámara de Johanna. Ojos sin vida lo miraban, aquel hermoso rostro pálido y retorcido en el grito de sus últimos momentos, toda huella de su dulce y pura alma completamente destruida.

Cayó de rodillas, el cuerpo mortal que habitaba jadeaba violentamente, presa de un dolor insoportable. Lo que siguió a continuación no puede entenderse completamente ni explicarse adecuadamente en ningún idioma, ni siquiera en el más sofisticado de las criaturas temporales imperfectas. La agonía que sentía, el dolor del conocimiento de que le había fallado. Azrael tomó sus frías manos entre las suyas y un grito se desgarró de él, un llanto de una naturaleza tan terrible como nunca antes ni después escapó de ninguna entidad o esencia conocida en la Existencia. "Ahhhhhhhhhhhhhhhhhhhhhhhhhhhhhhhhhh!!!"

Los llantos de Azrael retumbaron y se lamentaron desde algún lugar profundo, alcanzando a través de las eternidades y volviendo a salir con una explosión atronadora que sacudió la misma tela del tiempo y del espacio.

"¿Qué he hecho?" Un torrente de lágrimas bajó por las mejillas de su cuerpo mortal. "¡Soy el autor de esta pesadilla! Querida Johanna, mi adorada Johanna, por favor, perdona mi arrogancia y temeridad. Si no fuera por mí, tu luz seguiría brillando sobre este mundo para bendición continua de aquellos a tu alrededor".

Los sentimientos de culpa y angustia absolutas ahora fluían libremente, como un torrente incesante. Un profundo arrepentimiento lo agarró. Si tan solo no se hubiera entregado a sus sentimientos por esta hermosa alma, Samael no habría tenido razón alguna para seleccionarla, entre la multitud de otros, para la destrucción. En cierto sentido, él mismo había puesto el objetivo en su espalda.

"Una vez más, mis inclinaciones demuestran ser mi perdición, y ahora también la perdición de aquel a quien adoraba". La ira se apoderó de él y con gran vigor juró: "¡Esto termina ahora! Este será el último paso que Samael dé para completar sus deseos malvados. ¡Lo juro!" Aún sosteniendo la mano sin vida de Johanna, miró fija y largamente el rostro ahora sumido en un sueño eterno y añadió: "Johanna, ¡juro por tu memoria! Tendrás tu venganza".

Azrael se inclinó lentamente y depositó un beso en el carmesí desvanecido de los labios de su amada. Permitió que sus labios se quedaran un momento, entrelazados con los de Johanna, esperando en secreto que, al separarse, ella

lo contemplara con anhelo, como si nada hubiera ocurrido. Pero, lamentablemente, no fue así.

Capítulo 17

A la luz de las realidades extremadamente duras que se extendían ante él, Azrael se vio obligado a contemplar el abismo de la verdad y reconocer que los planes iniciales que había formulado para detener las maquinaciones de Samael eran ingenuos en el mejor de los casos. "Fui tonto al haber sido tan simplista en mis ideas para contrarrestar a este demonio. Ahora está dolorosamente claro que, para detener y revertir el impulso iniciado por Samael, necesi-taré responder con igual audacia a sus acciones.

"Hasta ahora, había ciertas medidas que, compren-siblemente, me negaba o rechazaba tomar, ciertas contra-medidas que están estrictamente prohibidas por mí según las Leyes de la Existencia. Samael no espera eso de mí, ni el

Consejo de los Serafines sancionaría tales acciones blasfemas. Samael cuenta con nuestro estricto apego y obediencia a estas leyes sagradas.

Por lo tanto, lo que él no espera, tampoco tendrá idea ni estará preparado para ello.

"Utilizaré la autoridad sagrada conferida a mi esencia por gracia del Consejo de los Serafines, junto con la ayuda de los Grigori y Mercurianos, para emprender precisamente aquello que Samael no espera de mí. Con el fin de comenzar de inmediato el proceso de revertir todos los asesinatos no autorizados de todas esas formas de vida desamparadas, tomadas sin autoridad justa o adecuada, los Grigori y los Mercurianos serán convocados para restaurar a esas entidades anteriores con su Energía de Vida, una vez más."

El plan de Azrael, aunque quizás relativamente simple en su enfoque, era, sin embargo, bastante audaz y atrevido en su alcance y amplitud general. Sin embargo, él sabía con absoluta certeza que eso era exactamente lo que se requería en este preciso momento. Desafortunadamente, el momento para llevar a cabo esa acción posiblemente ya había pasado.

Con los Grigori y los Mercurianos, Azrael resucitaría, una por una, tantas almas mortales fallecidas prematuramente como fuera posible, y tan rápido como fuera posible, dentro de las limitaciones y confines del Tiempo y el Espacio[49]. Tradicionalmente, Azrael no habría sido sostenido con la autoridad del cargo para sancionar o llevar a cabo tales resurrecciones, sin importar la justificación. Sin embargo, el Consejo de los Serafines había encontrado sabiduría, dadas las circunstancias desesperadas que enfrentaba la Existencia misma, para permitirle ejercer el Poder Cósmico y, con dicha autoridad, emprender las acciones necesarias para detener de una vez por todas a Samael.

"No puedo permitirme reflexionar sobre lo incómodo que es tomar acciones más allá del alcance normal de mis poderes. Estas son solo medidas temporales para el bienestar mayor de la Existencia, y nada más", trató de convencerse Azrael.

Azrael y sus fieles Servidores buscarían atentamente a los agentes diabólicos de Samael y los destruirían sin piedad hasta la última esencia que quedara, si fuera necesario. De esa manera, se asegurarían de que no puedan resurgir nuevamente para participar en tal maldad.

Capítulo 18

Convencer a las esencias cósmicas de las malvadas intenciones de Samael iba a ser algo simple, relativamente hablando. Era bien sabido que Azrael contaba con la bendición del Consejo Divino y el respaldo de ese sagrado cuerpo tenía un peso tremendo consigo. Eso sería suficiente para que algunos acataran su llamado a la acción. Sin embargo, no todos los anfitriones inmortales a lo largo del Cosmos se convencerían tan fácilmente para actuar. Para algunos, la nueva autoridad de Azrael no sería suficiente. Sin duda, muchos reconocían lo que debía hacerse en última instancia para detener el malévolo plan de Samael. Desafortunadamente, lograr que esas esencias se alinearan ideológicamente con Azrael no sería una propuesta sencilla y ni siquiera sería el obstáculo más desafiante de superar. Al contrario, atraer suficientes esencias celestiales dispuestas a sumergirse en el abismo con él, arriesgando su existencia eterna por la causa, sin importar cuán justificada y recta pueda ser, podría resultar ser la parte más ardua de su misión.

Azrael partió tan rápido como fue cuánticamente posible para reclutar a su ejército de guerreros justos para la ingrata tarea de vencer a Samael y sus amenazadores demonios. Como sospechaba, no requirió mucha persuasión para hacer que otras entidades se enteraran de los planes futuros de Samael para la Existencia. Desafortunadamente, al igual que las criaturas mortales no están inherentemente dotadas de una medida suficiente de valentía, las esencias eternas también difieren en niveles de coraje. Si bien él hubiera deseado y hasta esperado en cierto nivel, haber tenido muchos más seres que respondieran al llamado de las armas en nombre del Bien, Azrael agradeció el nivel de apoyo que eventualmente logró y reconoció plenamente que la guerra por venir no se ganaría o perdería únicamente en base a su mera cantidad. Había más en juego que eso. Azrael estaba seguro de que los servidores eran una colección sólida de las esencias de la Existencia y, al final, se convertirían en oponentes formidables para Samael.

✳✳✳✳✳✳✳✳✳✳

Uno de los recién nombrados Servidores de Azrael, con gran diligencia, puso en conocimiento de los anfitriones de la justicia que Samael, en ese mismo lugar en el espacio-tiempo, ya se había reunido con su horda del Mal. Parecían estar finalmente preparados para avanzar con sus intenciones de concluir lo que lamentablemente habían comenzado.

El momento había llegado inevitablemente. El temido instante estaba sobre las fuerzas del Equilibrio Cósmico. Estarían, en el lapso de tiempo inferior al de la transferencia de energía de un átomo a otro, totalmente involucrados en la horrenda tarea de eliminar a las multitudes opuestas. Esencias eternas demasiado vastas para contar utilizando cualquier forma conocida de cálculo serían borradas de los Anales de la Existencia en el próximo conflicto cósmico, realidades de ambos lados de esta eterna división. La escala imposible de la calamidad esperada no escapaba a ningún ser.

Azrael pidió fervientemente a esas esencias que habían prometido su apoyo que utilizaran todos los recursos cósmicos a su disposición para detener el desequilibrio y evitar que se inclinara irremediablemente. Se dejó en claro dolorosamente que, para restablecer un equilibrio cósmico, las fuerzas de la oscuridad debían ser eliminadas a cualquier costo.

"No existe una sola esencia que ponga en duda la determinación de Azrael, pero quizás no aprecie completamente la posición muy precaria que nos está pidiendo tomar", intervino un gran contingente de esencias.

Era dolorosamente cierto. Azrael no había pensado en las dificultades que tendrían las diversas multitudes al unirse a su causa. Simplemente esperaba que se unieran a él en el conflicto por venir. No se había tomado el tiempo de ver las circunstancias desde ninguna otra perspectiva ni preocuparse por ninguna otra realidad que no fuera la suya. Su enfoque había sido único y razonablemente egoísta. Si iba a tener la más mínima posibilidad de construir una coalición no solo de combatientes dispuestos del Cielo, sino de soldados dedicados hasta la última medida de su propia fuerza vital, Azrael ahora reconocía que tendría que abordar la aprensión muy real de aquellos reunidos. Las consecuencias de violar un Mandato Eterno eran claras: la Eternidad en un estado de perpetuo limbo etéreo, sin existir ni dejar de existir, en el vacío conocido como Caos.

"Hablas con la verdad", concedió humildemente Azrael. "Fui tonto al asumir tanto, y pido perdón por mi presunción".

"Es evidente para todos en la Existencia la gravedad de las circunstancias que enfrenta el Universo. Ninguno de los que están aquí ahora estaría así si no estuviera comprometido con la preservación del Cosmos. Sin embargo, el poder que poseemos colectivamente es simplemente insuficiente para hacer lo que se nos pide hacer. Es posible que Azrael haya sido agraciado con una dispensación especial, con autoridad más allá de su llamado, pero ¿qué hay de nosotros?" preguntó la reunión. "Este cuerpo corre el riesgo de un castigo eterno por parte del Gran Consejo por violar los Mandatos Eternos de nuestras responsabilidades".

Antes de responder, Azrael interiorizó lo expresado hacia él. Era importante para él que el sentimiento compartido fuera respetado y valorado. No se trataba de una tarea sencilla en absoluto la que les estaba pidiendo que emprendieran. Les estaba pidiendo que potencialmente renunciaran a su propia existencia. "Vuestra dedicación y valentía por la Existencia son encomiables. Y tienen todo el derecho de ser cautelosos. Este es un momento muy tumultuoso en el espacio".

Azrael hizo una pausa antes de dirigirse nuevamente a la multitud. Aunque en mortalidad nunca fue un ser de palabras elocuentes o discursos floridos, reconocía que algo necesitaba ser expresado y transmitido, algo que no solo ayudara a aliviar las comprensibles preocupaciones de esas esencias presentes, sino que también despertara las pasiones más profundas en ellos para elegir unirse a la lucha a pesar de esas preocupaciones.

"¡Siempre ha sido, es y será eternamente así!" La energía detrás de la voz de Azrael pulsaba a través de la inmensidad del Cosmos, llegando a todos. "La Energía de la Vida, que une a todos, debe ser preservada con todos los medios necesarios por aquellos que estén dispuestos a mantener el Equilibrio. No se preocupen por el juicio del Consejo Divino, porque yo, Azrael, seré su defensor ante Él. El Consejo me eligió para esta desafortunada causa, y se les pide que sirvan bajo mi estandarte. Defenderé su causa y asumiré el peso y la responsabilidad completa de cualquier juicio que puedan recibir por sobrepasar la Autoridad Cósmica. Como esencias de la Existencia, ¿de qué valor somos para la Eternidad si, en este momento crítico y conflictivo, nosotros, los descendientes del Cosmos, no hacemos nada en última instancia? La Vida nos necesita ahora más que en cualquier otro momento en el espacio-tiempo. La Existencia nos exige dar un tremendo salto de fe. De lo contrario..." Azrael vaciló un momento para recoger sus pensamientos finales, "...todo esto dejará de haber sido, ser o existir jamás. ¡Quédense conmigo!"

Las palabras de Azrael tuvieron el efecto deseado. La respuesta instantánea que sintió fue una corriente o apoyo igualmente fuerte desde la multitud de realidades celestiales. No eran tantos como se esperaba, pero Azrael tenía su ejército de las huestes del Cosmos. "¡Somos sus siervos hasta el final!"

La guerra por la Existencia había comenzado realmente.

50

La Cita en Samara

El hablante es la Muerte

Había un comerciante en Bagdad que envió a su sirviente al mercado a comprar provisiones y en poco tiempo el sirviente regresó, pálido y tembloroso, y dijo: "Señor, justo ahora cuando estaba en el mercado, fui empujado por una mujer en la multitud y cuando me di la vuelta, vi que era la Muerte la que me empujó. Ella me miró e hizo un gesto amenazante. Ahora, préstame tu caballo y cabalgaré lejos de esta ciudad y evitaré mi destino. Iré a Samarra, y allí la Muerte no me encontrará". El comerciante le prestó su caballo y el sirviente lo montó, clavó las espuelas en sus costados y tan rápido como el caballo pudo galopar, se fue. Luego, el comerciante bajó al mercado y me vio parado en la multitud, se acercó a mí y dijo: "¿Por qué hiciste un gesto amenazante a mi sirviente cuando lo viste esta mañana?". Ese no fue un gesto amenazante, dije, fue solo un inicio de sorpresa. Me sorprendió verlo en Bagdad, porque tenía una cita con él esta noche en Samarra. [51]

Contado por W. Somerset Maugham

Capítulo 19

Azrael, llevando el peso completo de la misión por delante de sus ejércitos, se paró frente a sus tropas en anticipación de la próxima lucha. No solo estaba comprometido a ser el primero en la pelea, sino que estaba dispuesto a ser el primero en sufrir el fin último. Los batallones de sus Servidores y otros aliados se prepararon para la batalla, no con ansias de ella, pero tampoco dispuestos a retroceder.

Poco a poco, y bastante débil al principio, un zumbido siniestro comenzó a crecer cada vez más distinguible, emanando de puntos dispersos por todo el Cosmos, una señal de que las Keres estaban a punto de comenzar su ataque. Un grito colectivo indescriptiblemente terrible resonó. Habían llegado.

Como era de esperar, las fuerzas diabólicas de Samael no iban a apartarse fácilmente. Más bien, Samael se sentía fortalecido y las multitudes de los malvados se sentían aún más animadas a lograr la aniquilación de la Existencia. Trágicamente, las fuerzas de Azrael no escaparon de las pérdidas. Las bajas entre los regimientos de luz fueron lamentablemente numerosas, abatidos después de ser abrumados por masas de las Keres que se alimentaban de sus fuerzas vitales. A pesar de los contratiempos iniciales, las tropas de Azrael se recuperaron. La marea de la guerra se fue girando lentamente a su favor mientras infligían su propia justicia paralizante. Utilizando la autoridad cósmica recién adquirida, las legiones de Servidores se apoderaron de las Keres y procedieron a extinguir su fuerza vital. Las fuerzas del Bien y del Mal se enzarzaron en una batalla, librando una carnicería feroz e inimaginable. Resistieron una ola tras otra de las fuerzas de la oscuridad en una batalla encarnizada.

Las espectaculares e inimaginables ráfagas de energía generadas por los ejércitos en conflicto eran un espectáculo impactante de contemplar. La tremenda intensidad de las explosiones de energía estelar casi provocó el colapso del velo entre los planos etéreo y físico. En el reino mortal, galaxias enteras estallaban, mientras cientos de miles de sistemas solares eran consumidos por violentas ráfagas de radiación, dejando porciones del Universo inhabitables.

Samael admitió haber subestimado la resistencia que él y sus seguidores enfrentarían por parte de Azrael, por lo tanto, no estaban preparados para enfrentar el desafío inicial que representaba. Al darse cuenta de que sus ejércitos estaban perdiendo terreno, recurrió a medios insondables para cambiar nuevamente el equilibrio a su favor. Caos y destrucción desenfrenada de la vida quedaron a su paso por todo el Universo. Hasta ahora, Samael se había abstenido de buscar y atacar esencias inmortales por temor a provocar una respuesta del Consejo de los Serafines antes de que sus planes se materializaran. En cambio, decidió centrarse en criaturas mortales. Sin embargo, la intervención de Azrael dejó en claro que sus intenciones ya no eran desconocidas. Por lo tanto, Samael dejó de lado cualquier atisbo de moderación y comenzó una campaña de guerra total y despiadada contra todos y cada uno, mortal o inmortal, que considerara su enemigo. Incluso las esencias etéreas que no se vieron involucradas en la lucha se convirtieron en objetivos.

El ataque indiscriminado contra las esencias del reino etéreo resultó ser precisamente lo que Samael y sus fuerzas necesitaban para cambiar el rumbo de la guerra a su favor. Las Keres, bajo el mando de Samael, se reagruparon y se fortalecieron. Grandes números de realidades inocentes fueron emboscadas por los regimientos del mal.

Las Keres prácticamente tenían carta blanca. La existencia ardía en un número infinito de incendios infernales.

Azrael reconoció que la guerra entre el bien y el mal inevitablemente se volvería mucho más desafiante y catastrófica para la Existencia antes de siquiera comenzar a mejorar. Desafortunadamente para él, esperar el peor resultado posible no le ayudó a él ni a aquellos que luchaban en nombre de la rectitud a asimilar la realidad de experimentarlo. Aún tenían que enfrentarse a la crudeza de la situación, sin importar cuán brutalmente fea y a menudo terrible se volviera.

Samael montó un contraataque formidable que resultó inmensamente brutal y devastador en alcance. La fuerza vital de innumerables esencias se perdió, borrada permanentemente de la Creación cuando sus fuerzas vitales fueron devoradas por las Keres. Cuanta más energía consumían los ejércitos de la oscuridad, más se inclinaba la Existencia hacia el punto de ruptura del desequilibrio.

✱✱✱✱✱✱✱✱✱✱

Presenciar la devastación en todo el Universo tuvo un efecto desalentador en esas esencias que quedaban. Más de uno de los Servidores sintió que su determinación estaba al límite, encontrando casi imposible prever el fin de la guerra a su favor, pero ninguno vaciló. Y, si las apuestas por las que habían dedicado su existencia misma no fueran lo suficientemente abrumadoras, aquellos que dudaron incluso podrían haber sido perdonados por sus momentos de debilidad. Sin embargo, y a pesar de tener todas las razones concebibles para hacerlo, Azrael y sus Servidores nunca permitieron que la duda los dividiera o los venciera. No importaba cuán sombrías y desalentadoras pudieran parecer las perspectivas finales en ocasiones, Azrael y sus Servidores nunca vacilaron. Al final, permanecieron absolutamente firmes e incluso fortalecidos en su determinación.

El contraataque de las fuerzas de la oscuridad, en oleada tras oleada aparentemente interminable tanto en los planos etéreos como mortales, era implacable. Las fuerzas del Servidor de Azrael se mantuvieron valientemente en su posición, pero aún así se debilitaban poco a poco, amenazando con inclinar la balanza de la guerra hacia Samael. Mientras que el ejército de Azrael había recibido el poder cósmico otorgado por el Consejo de los Serafines, la dificultad residía en los números abrumadoramente desproporcionados. Las divisiones de Samael entendieron claramente que, si no lograban derrotar a los regimientos de Azrael, no tendrían otra oportunidad. Samael puso en el campo todas las esencias concebibles que pudo reunir. Por cada soldado de Luz, había hordas inimaginables de Maldad, alimentándose de su fuerza vital. A este ritmo, Azrael no sería capaz de soportar este nuevo embate, y mucho menos recuperar la ventaja, o incluso retroceder a las legiones de Samael.

Viendo la creciente desesperación a la que se enfrentaban las fuerzas del bien, incontables nuevas esencias eligieron unirse a las filas junto a Azrael como Servidores, con el fin de evitar el colapso de la Existencia. Columna tras columna comenzaron a unirse, fortaleciendo las filas severamente diezmadas de Azrael. La reticencia dejó de ser una opción. La guerra por la Existencia obligaba a cada esencia a enfrentarse a su convicción individual y dedicación a la Existencia. Quedó trágicamente claro que su decisión de mantenerse neutrales tendría consecuencias nefastas sin lugar a duda. La inacción y la no alineación ya no eran una opción para ninguna esencia. La campaña de Samael de guerra sin restricciones contra la Existencia fue la chispa necesaria para llevar incluso a las esencias más pasivas al fragor de la batalla.

El impulso a los esfuerzos de Azrael era desesperadamente necesario, enormemente apreciado y no podría haber tenido un impacto mayor. Con el cambio de fortuna y el aumento de nueva fuerza en sus filas, el ejército de los justos tenía la oportunidad de lanzar su propio contraataque efectivo, con renovado vigor y fe. Azrael sabía que él y sus seguidores fieles no tendrían otra oportunidad de cambiar el rumbo de la guerra y, por lo tanto, si querían inclinar permanentemente la balanza a su favor, debían aprovechar su mayor número para un plan audaz. El miedo generado en Azrael por su creciente desesperación era muy real. La intensa angustia por el fracaso de la Creación era lo suficientemente fuerte, pero la idea de que la mortal que ahora amaba, quien había perdido su vida de manera tan trágica y prematura, sin que él tuviera la oportunidad de vengarla, era algo que no podía soportar. Azrael canalizó ese miedo y desesperación en un audaz plan de contraofensiva.

Los planes de batalla de Samael, resultó ser, de hecho, la solución que Azrael necesitaba para restablecer el control sobre el resultado de la guerra en curso y finalmente tener la oportunidad de derrotar de una vez por todas a los ejércitos de Samael. Existía una estrategia disponible para Azrael que podía resultar decisiva. Consistía en desafiar a Samael en torno a la fuerza vital de las esencias perdidas y las criaturas mortales, en su propio tipo de guerra total. Una guerra total de justicia. Una revelación llegó a Azrael: todas las criaturas mortales destruidas por las fuerzas de Samael podrían potencialmente ser devueltas, sus cuerpos físicos reanimados con sus fuerzas vitales. Los ejércitos de Azrael llevarían a cabo la reencarnación de cada esencia o criatura que hasta ahora había sido eliminada por las fuerzas de Samael. Los nuevos objetivos principales formulados serían revivir a tantas criaturas terrestres que fueron injustamente destruidas por las filas de Samael, al mismo tiempo que continuarían buscando y destruyendo a las entidades malévolas, las Keres, las contaminaciones creadas por Samael para llevar a cabo su devastadora voluntad. Azrael determinó que esta sería inevitablemente la forma más efectiva de revertir la trayectoria de poder que se inclinaba hacia la facción de Samael y, por lo tanto, tendría el efecto de equilibrar nuevamente los destinos de la Existencia. Si tuvieran éxito, los batallones del bien no solo podrían restaurar la vida preciosa a la mortalidad, sino que también contarían con un número exponencialmente creciente de esencias entre sus filas.

Por otro lado, si el plan de Azrael fallaba, si calculaba mal, aunque fuera por un pequeño margen, Samael y las hordas del mal terminarían arrasando el Universo y provocarían el colapso final de la Existencia. La idea no estaba garantizada de ninguna manera para tener éxito. La decisión que enfrentaba Azrael, desafortunadamente, no era tanto una elección como una necesidad. Perseguirían cualquier medio a su disposición.

La represalia de Samael y aquellos detrás de su estandarte resultó ser solo de corta duración, y una vez más la marea estaba cambiando hacia una restauración de la armonía y el equilibrio dentro de la Existencia. Samael nunca volvería a acercarse a tener la ventaja. Las mareas de la guerra permanecerían a favor de Azrael.

Capítulo 20

En menos que un destello de tiempo y espacio, Azrael, sus Servidores y los otros decididos ejércitos de los Cielos se habían extendido por cada rincón posible de la Existencia para comenzar su intento de cambiar las mareas en contra de Samael y los siervos del mal. Detener al ser Samael y buscar, en última instancia, restitución por sus crímenes contra la Eternidad era la misión que Azrael se había impuesto personalmente.

Era dolorosamente evidente para Azrael que, al perseguir estos objetivos, la frágil estructura de la Existencia, los débiles lazos de esta podrían romperse por completo. Sin embargo, también comprendía que no actuar tendría exactamente el mismo desafortunado resultado, por lo que decidió que intentarlo era la única opción. La otra realidad igualmente desafortunada a la que tenía que enfrentarse era la certeza de que las pérdidas en todo el Cosmos podrían ser potencialmente inimaginables. La inevitabilidad de tener que eliminar permanentemente a los seres bajo el mando de Samael era una carga tremenda para Azrael, pero una carga que estaba dispuesto a llevar. Todas las firmas energéticas, sin importar su karma particular, desempeñan un papel crucial, incluso sagrado, en la Existencia. Por lo tanto, Azrael comprendía plenamente la gravedad de su dilema. La ironía de la situación tampoco se le escapaba. Lamentablemente, para salvar la Existencia, tendría que dirigir la eliminación de parte de lo que constituye la Existencia.

Más razón aún para no fallar, pensó Azrael para sí mismo. *Para que este detestable sacrificio no sea en vano.*

✶✶✶✶✶✶✶✶✶✶

Junto a la tierra recién removida, la evidencia de todo lo que quedaba de una fosa común, cavada apresuradamente y destinada a cientos de criaturas mortales que recientemente habían sido masacradas por los secuaces de Samael, se encontraba una entidad singular de la Creación en medio de un silencio espantoso. Uno de los Servidores de Azrael permanecía inmóvil, reflexionando por un breve momento y luego procedió con su tarea urgente.

La misteriosa aparición se acercó un poco más al lugar de descanso de los seres terrestres fallecidos y, con una voz casi ininteligible y suave, pronunció: "Me acerco para ser testigo de ti".

Agachándose lentamente, el Servidor agarró un pequeño puñado de tierra que cubría la fosa común y, aún en posición de cuclillas, comenzó a esparcir suavemente los granos sueltos de tierra de vuelta sobre el lugar del que inicialmente se había levantado la tierra, observando cómo caían los terrones de tierra uno por uno.

Luego, el compañero celestial se levantó y levantó cuatro jarras de agua que habían sido previamente colocadas en el suelo a su lado. Una vez erguido, comenzó a caminar lentamente alrededor del perímetro del lugar de la fosa común, repitiendo la vuelta exactamente cuatro veces y cada vez repitiendo el conjuro: "Tu purificación es la purificación de la Vida. Bebe, por tanto, el Agua de la Vida. Los Cielos te purificarán con ella".

Una vez más, el Servidor se agachó junto a la fosa común, pero esta vez para intercambiar los frascos de agua por un frasco de natrón[52]. De la misma manera que lo hizo con los frascos de agua, la entidad rodeó cuatro veces los restos cubiertos apresuradamente de los cadáveres en descomposición, arrojando trozos de natrón por el campo de los muertos, y recitando cada vez: "¡Oh, descendientes de la Existencia! Que probéis la plenitud de la Energía de la Vida. Partid de los frutos del Cielo, de la misma materia del Universo. Tu boca está purificada, tu sustento es la purificación de la Vida, oh descendientes de la Creación".

Por tercera vez, el compañero cósmico caminó alrededor del espacio en el que yacían los restos de las criaturas corpóreas, otras cuatro veces. Esta vez lo hizo agitando una cuchilla celeste, y proclamando las siguientes palabras: "Sed purificados, la Vida está purificada, sed purificados, la Vida está purificada[53], sed purificados, la Vida está purificada, sed purificados, la Vida está purificada. Vuestra purificación os une una vez más con la Existencia. Vuestra boca es la de un ternero lactante. Amamanta una vez más de la leche materna de la Vida".

Al completar el tercer ciclo con la cuchilla celeste, el Servidor reemplazó la cuchilla celeste en su mano derecha por un incienso de fragancia dulce, y continuó rodeando la fosa común otras cuatro veces, pronunciando un conjunto adicional de frases.

"Sed incensados, la Vida está incensada, sed incensados, la Vida está incensada, sed incensados, la Vida está incensada, sed incensados, la Vida está incensada. Tu incensado es tu karma. Sed incensados, sed incensados, sed incensados. Sed una vez más reunidos con vuestros hermanos mortales. Tu cabeza está incensada, tu discurso está incensado, serás purificado. Recibe una vez más la Energía de la Vida. Que su fragancia llegue a tu nariz."

Una vez que completó el último circuito alrededor de los cuerpos enterrados, se detuvo momentáneamente, observando la extensión de tierra ante él. Luego terminó las sagradas invocaciones por las cuales había venido a dar.

"He venido como tu defensor ante la Creación. He abierto vuestras bocas para que vuelvan a recibir la animación. He equilibrado vuestros huesos para que os sostengáis. He marcado vuestro ojo por ti". Y, con un sonido como un tremendo estruendo o rugido de trueno que rueda violentamente por el cielo, el Servidor ordenó: "Sed ahora llenos de la Energía del Cosmos y levantaos una vez más para habitar esta llanura mortal".

El completo silencio regresó una vez que se pronunció la última sílaba. No se podía detectar ni un solo sonido audible. El Servidor, posicionado junto a la fosa común, llamó, aunque no con una voz perceptible por ningún ser físico, "¿Cuáles son vuestros nombres?".

Con eso, se dio una respuesta que solo el Servidor podía reconocer. Resonando desde las profundidades mismas del suelo, se escuchó: "Carne y sangre son nuestros nombres. Han sido conocidos por siempre y para siempre, por toda la Creación". Instantáneamente, la Energía Vital de cada criatura mortal presente regresó a sus respectivas cáscaras de carbono. La vida fue restaurada a la vida.

Entonces, la tierra suelta que cubría la fosa común comenzó a moverse, de manera imperceptible. Al principio, el movimiento entre los granos de tierra apenas era perceptible. Sin embargo, gradualmente, ese movimiento se convirtió en un creciente estruendo y eventualmente se convirtió en una orquesta de explosiones parecidas a géiseres, mientras la tierra comenzaba a lanzarse al aire de alguna manera. Los movimientos duraron solo unos momentos, pero culminaron en cientos de criaturas recién reanimadas que se levantaban y se arrastraban lentamente desde su sueño subterráneo anterior.

Los seres que emergieron crearon una escena tremenda. Uno podría confundir fácilmente los cuerpos desconcertados, tambaleantes, gimientes y sucios con los no-muertos, si no fuera por la innegable realidad de que estos mortales estaban una vez más completamente vivos y respirando.

Después de observar a los terrestres reencarnados tropezar unos con otros en un estado temporal de amnesia, el compañero de otro mundo terminó su estadía con una última advertencia. "Habéis renacido en vuestra fuerza. Habéis resucitado con el sustento de la Vida. La agudeza sea suya; la gloria sea suya; el homenaje sea suyo; el poder sea suyo. Sus boca y ojos han sido abiertos para ustedes. Vayan ahora y vivan el resto de su existencia mortal en paz".

Esta escena ocurrió en todo el universo, a lo largo de todo el tiempo y el espacio, por un número innumerable de fieles defensores de la Existencia.

✶✶✶✶✶✶✶✶✶✶

Aunque solo unos pocos seres vivos en este y otros reinos quedaban para darse cuenta, otra de los leales Servidores de Azrael, después de completar con gran cuidado y perfección varios ritos, rituales y ceremonias sagradas, se embarcó en su ingrata misión con la máxima prisa posible. Se avecinaba un desafío insuperable para ella y otros como ella, y el tiempo era esencial.

Aunque quizás pasara desapercibido para las simples criaturas mortales, lamentablemente, la fiel Servidora no permaneció del todo sin ser observada. Al contrario, otras esencias se interesaron y tomaron conciencia de estas actividades, con igual determinación de intervenir para evitarlas. Una horda de malvadas Keres llegó a la escena mientras merodeaban por el Universo, persiguiendo y aniquilando a los soldados de la Creación. Con cuidado para no revelar su presencia, los demonios se mantuvieron discretos, optando por esperar y aumentar sus números antes de atacar finalmente.

Cuando reunieron suficiente fuerza y estuvieron seguros de contar con un ejército lo suficientemente grande como para abrumar y vencer a una única Servidora, sin importar su fuerza cósmica, se abalanzaron. Las Keres atacaron como un enjambre de abejas enojadas, con una velocidad y ferocidad tal que la Servidora prácticamente no tenía esperanzas de defenderse. Fue una emboscada absoluta. Antes de que siquiera supiera exactamente lo que estaba sucediendo, las Keres estaban sobre ella, desgarrándola y devorando su Fuerza Vital.

Y tan rápidamente como atacaron a la Servidora ahora extinguida, y con la misma indiferencia fría, las Keres se dispersaron en innumerables direcciones hacia innumerables reinos para continuar sus actos oscuros.

✳✳✳✳✳✳✳✳✳✳

No todos los intentos realizados por los Servidores de Azrael para revivir a los mortales asesinados tuvieron éxito. Desafortunadamente, la estratagema de Azrael no pasó desapercibida por mucho tiempo. Casi tan rápido como los Servidores comenzaron a realizar los rituales y ordenanzas necesarios para la reencarnación, las Keres respondieron atacando a los fieles siervos de la Existencia, perturbando los sagrados sacramentos que de otro modo habrían devuelto la vida a millones de seres perdidos. Aquellos que iniciaron las observancias para devolver las almas migrantes a sus antiguos cuerpos terrestres quedaron expuestos y vulnerables a los ataques mientras lo hacían.

A pesar de los numerosos intentos exitosos por frustrar a los valientes aliados de Azrael, Samael y sus secuaces hicieron demasiado poco y demasiado tarde. Azrael tenía suficientes esencias dentro de sus filas para redirigir y reforzar adecuadamente a aquellos Servidores que necesitaban protección mientras realizaban las ceremonias de revitalización.

Capítulo 21

Hay innumerables individuos eruditos que afirman falsamente tener conocimiento de una de las verdades in-
negables, o principios inflexibles que gobiernan el plano
mortal, que es la idea de que las fuerzas de energía que
rigen el reino material o físico reaccionan en oposición a
las acciones iniciales correspondientes. Se puede afirmar,
y de hecho se debe afirmar, lo mismo no solo acerca de
las características de la energía, ya que la materia es energía, y la energía es sustancia, ambas al mismo tiempo y
a lo largo de innumerables dimensiones de realidades. Las
mismas leyes de lo etéreo gobiernan lo físico también.

Tal vez fue simplemente temeridad que Azrael no
considerara las inevitables reacciones contrarias que se

esperaban como resultado de tales manipulaciones gen-
eralizadas de los acontecimientos en el plano mortal. O
posiblemente, él reconoció muy bien y anticipó adecuadamente el efecto dominó imparable que resultaría de la
interferencia en la línea temporal de la Creación en una
escala tan colosal, y, no obstante, eligió actuar, compren-
diendo que el bien supremo superaba las posibles consecuencias. En cualquier caso, la amplia participación
celestial de tantos reinos de mortalidad, específica y especialmente con las resurrecciones masivas de seres fallecidos, desató una tormenta de inquietud y calamidad entre
las criaturas corpóreas.

Prácticamente todas las especies colectivas de seres
temporales creen en la existencia de seres divinos de diversas formas, ya sean dioses o Dios, que intervienen continuamente en favor de los mortales y en los asuntos que
les conciernen. Por lo tanto, y como era de esperar, algunos
de estos mismos grupos observaron con asombro cómo un
gran número de criaturas era inicialmente aniquilado por
algo aún inexplicable, solo para ser devueltas de manera
igualmente dramática y misteriosa, lo que constituyó una
prueba abrumadora de la intervención divina de dichas
deidades respectivas.

En algunos casos, estos seres físicos, con su comprensión completamente imperfecta de la verdad absoluta,
percibieron equivocadamente lo que estaban presenciando

como nada más que alguna versión del fin de su mundo, un apocalipsis, y más tarde, como el comienzo de una paz eterna. Profesaron que los eventos presenciados colectivamente eran, de hecho, nada menos que el cumplimiento de profecías registradas en sus tradiciones, escritas en textos sagrados o transmitidas de generación en generación de forma oral, remontándose al inicio de la creación. Según afirmarían algunos relatos, al final de su mundo, los restos mortales de los difuntos serían ordenados a elevarse de las cenizas de su sueño eterno, y una vez más habitarían su cuerpo físico y recorrerían el reino terrestre de los vivos. Tales tradiciones continúan describiendo, en algunos casos, cómo un salvador, un defensor de los seres mortales justos, merecería el crédito por llevar a cabo esta paz final y eterna, al mismo tiempo que destruiría para siempre las almas de las criaturas malvadas.

Es comprensible, por lo tanto, aunque trágicamente equivocado, que la ignorancia de los seres corpóreos los llevara al pánico ante los eventos que estaban experimentando. Sin una comprensión adecuada de la naturaleza escandalosa de las circunstancias en toda la Existencia, y mucho menos de su insignificante papel en la Creación, los mortales cayeron en una histeria masiva en todas las partes de la Creación.

Muchos de los líderes autoproclamados o elegidos colectivamente por las criaturas más evolucionadas cognitivamente y conscientes, que también profesan autoridad en guiar espiritualmente a su especie o en asuntos inexplicables, se situaron en lugares elevados y alzaron sus voces para recibir el reconocimiento singular de que solo ellos podían guiar a sus semejantes hacia una especie de salvación del cuerpo y del alma. Esos mismos individuos, y las criaturas a las que convencieron de organizarse como cuerpos de seguidores fieles, buscaron distinguirse de los demás argumentando que otros, por una razón u otra, no eran dignos o tan dignos de sobrevivir al fin del mundo y heredar así una existencia perfeccionada.

Esas necias falsedades se propagaron más rápidamente que una llama cuando se prende en un montón de maleza seca. Hermanos acusaban a hermanos, hermanas se volvían contra hermanas, acusándose mutuamente de maldades y herejías imperdonables y de no ser almas debidamente consagradas. Padres expulsaban a sus hijos y los hijos renegaban de sus padres debido a lo que veían como injusticias del otro, basándose únicamente en las superficiales declaraciones de unos pocos de su especie que afirmaban haber iniciado una especie de mal concebida asociación con un dios o dioses. Individuos e incluso comunidades enteras se sentían justificados y facultados para emitir un juicio generalizado sobre cualquiera que no compartiera necesariamente una ideología similar, proclamando una superioridad moral.

Precisamente porque los seres mortales no pueden comprender la naturaleza más profunda o amplia de las circunstancias enfrentadas a lo largo de la vastedad de la Creación, lamentablemente se dejó a estas criaturas a su suerte para interpretar las condiciones. Su ignorancia contribuyó en última instancia a una confusión absoluta y a un interminable histerismo colectivo. Muchos terrestres creían que lo que presenciaban era una evidencia profunda de algo parecido a un fin de los días o un juicio divino final. En ausencia de verdades eternas, las falsedades perpetuarían y alimentarían aún más dogmas falsos.

✶✶✶✶✶✶✶✶✶✶

Azrael no era ciego a lo que estaba sucediendo entre las multitudes de criaturas por las cuales, en parte, él defendía la Existencia. Al contrario, de hecho, estaba lo suficientemente preocupado. Sin embargo, al final, las manifestaciones materiales de la Energía de la Vida eran simplemente eso. El Equilibrio de la Existencia sería eterna y exclusivamente la única consideración. Él creía firmemente, más aún, tenía una fe inquebrantable en el concepto de que una vez que el equilibrio se restaurara en la Creación, esa misma armonía encontraría su camino de vuelta al reino físico una vez más.

Azrael pensaba en Johanna. No importaba cuán blasfemos fueran sus sentimientos al respecto, era un pequeño consuelo que su existencia mortal estuviera a salvo de gran parte del caos y la tribulación de otros de su especie, hasta que llegara el momento en que pudiera restaurar su fuerza vital una vez más dentro de su cuerpo material.

54

Comienza como una brisa; suave, tranquila, como un susurro de un amigo íntimo. Hace todo lo posible por tocar todas las cosas antes de irse en silencio. No hay evidencia ni siquiera del sonido más leve creado por su movimiento. Lentamente... lentamente... con el conocimiento de cada forma y dimensión, se desliza sin esfuerzo. Enfría, reconforta y relaja los tendones.

Fuente Desconocida

Capítulo 22

A pesar de la amplia sabiduría de Azrael proveniente de su experiencia y longevidad como esencia, y de la astucia de Samael, ambos no lograron comprender un principio muy crítico de la Existencia. Los resultados nunca son seguros. Lo inevitable, por naturaleza, no es en realidad inevitable, sino completamente incierto. Ambos tenían sus propias expectativas y conclusiones deseadas sobre las circunstancias. Sin embargo, lo que no lograron comprender fue que en realidad no tenían absolutamente ninguna influencia sobre los sucesos del tiempo y el espacio.

"Observa lo que es observable. Todos desempeñan sus roles. Permite que sea lo que sea", resonaba la energía colectiva del Consejo de los Serafines.

Había una razón por la cual el Consejo Sagrado no se involucraba directamente en los destinos que enfrentaba la Existencia. Reconocían la verdad universal de que no tenían ni siquiera un papel modesto en los destinos que se presentaban ante la Existencia. Si, de hecho, la Existencia estaba condenada a colapsar en la nada, era, es y sería su destino efectivo.

✶✶✶✶✶✶✶✶✶✶

Durante demasiado tiempo y a costa de un número excesivo de esencias, se libró la lucha entre las fuerzas de la oscuridad, liderada por la energía conocida como Samael, y aquellos que se atrevieron a desafiarlos contra todas las probabilidades concebibles, los aliados de la luz bajo Azrael. En cada rincón del Universo, el sufrimiento fue trágico y catastrófico. El conflicto cósmico hizo que la estructura misma del tiempo y el espacio comenzara a fracturarse y desgarrarse, lo que bien podría haber llevado al colapso eventual de la Existencia, sin importar lo que perpetrara Samael y sus secuaces. La fuerza vital de innumerables seres, sean abominables o no, se perdió en la Eternidad, y la energía de innumerables esencias se borró tristemente para siempre de los Anales de la Existencia. No hubo honor ni gloria... solo tragedia sin límites perceptibles.

Sin embargo, al final y a pesar de las abrumado-

ras probabilidades, estaba destinado que la Existencia permaneciera por la eternidad. Las abominaciones de Samael
comenzaron a abandonar la causa en masa, eligiendo en
cambio esconderse en cualquier grieta oscura del Cosmos
que pudieran encontrar, en lugar de enfrentar el destino
inevitable que les esperaba. Había un fuerte sentido de terror mientras huían de los campos de batalla. Sin embargo,
un pequeño número de los más resueltos entre las filas de
Samael intentaron resistir en un último esfuerzo desesperado, solo para que la última medida de su realidad les
fuera arrebatada. Los pocos que continuaron luchando lo
hicieron de manera desorganizada. Las fuerzas de Azrael
aprovecharon el caos entre las filas de Samael, trabajando
para eliminar los últimos vestigios del mal con precisión
quirúrgica y coordinación. Sin embargo, no hubo refugio
para los malvados, ni descanso para los condenados. Con las
Keres en plena retirada por todo el Universo, las fuerzas de
los Servidores realizaron el último avance hacia la victoria.
Ejerciendo los límites completos del poder cósmico que se
les otorgó, ataron y confundieron la energía vital de todas y
cada una de las esencias malvadas que quedaban. Aquellas
Keres que optaron por rendirse fueron reunidas para un
juicio eventual ante el Gran Consejo. Nunca amenazarían
la Existencia nuevamente. Azrael, y los muchos Servidores
incansablemente fieles a su lado, finalmente prevalecieron
contra las fuerzas impías de Samael.

Capítulo 23

Si alguna vez hubo un momento en el tiempo y el espacio en el que la palabra silencio pudiera ofrecerse como una descripción precisa del estado general del Universo, este fue ese instante. Cada forma de carbono dentro del reino físico, cada hijo de la Creación, desde los organismos unicelulares más microscópicos hasta las criaturas más grandes, todos sintieron una sensación colectiva de calma profunda; tan fuerte que era como si pudieran sentirse reconfortados literalmente por su abrazo invisible. Decepcionantemente, por supuesto, estos seres nunca conocerían las circunstancias trágicas que ocurrieron detrás de esta momentánea sensación de euforia. No menos espectacular fue la intensa oleada de energía que pulsaba a lo largo de los innumerables números de esencias cósmicas en el Plano Etéreo. La diferencia, sin embargo, era, por supuesto, que estos servidores abnegados y valientes de la Existencia eran íntima y profundamente conscientes de por qué de repente se vieron abrumados por una magnífica sensación positiva. La Existencia estaba destinada a prevalecer.

"*¡Armonía... armonía cósmica!*" declaró el Consejo de Serafines.

Si bien el sagrado equilibrio entre la oscuridad y la luz finalmente se había restablecido, los arduos, pero necesarios, pasos a lo largo del proceso de curación apenas habían comenzado. Las cicatrices persistentes dejadas por el conflicto, que luego serían cónocidas como la Gran Guerra Cósmica, eran ilimitadas y, lamentablemente, las repercusiones de ese daño no serían reconocidas por completo durante milenios y milenios, si acaso. Sin embargo, y al menos en este punto en el espacio y el tiempo, independientemente de todo lo demás, había paz; *pax aeterna*.

Había lágrimas en el tejido del tiempo y el espacio que necesitaban sanar. Los agentes rebeldes de Samael todavía estaban sueltos y necesitaban ser capturados para el juicio final. El reino corporal estaba sumido en el caos absoluto. Estos eran, no obstante, contratiempos temporales. Todo volvería a estar en orden en toda la Existencia.

Dado el arduo y luchado, aunque finalmente exitoso, esfuerzo cósmico para restaurar el Equilibrio en la Existencia, se podría perdonar fácilmente a Azrael por optar por mantener su presencia escasa durante un largo período de tiempo. Ninguna otra esencia individual hasta entonces había merecido o necesitado tanto descanso como la suya. No obstante, Azrael no podía, o más bien, no quería permitirse descansar. No mientras quedara una tarea de importancia singular para Azrael: la de reanimar el cuerpo físico de Johanna con su energía vital. Él dejó esto claro a los Servidores, quienes junto a él tenían que continuar restaurando la mortalidad en innumerables seres, que él, y solo él, se encargaría de su resurrección.

Si bien Johanna no era la razón por la cual Azrael valientemente asumió el desafiante peso de responsabilidad y riesgo de enfrentarse a las fuerzas oscuras de Samael, ciertamente era toda la inspiración que su esencia necesitaba para impulsarlo hacia adelante. Su recuerdo era una roca de valentía en la que a menudo se apoyaba para obtener valentía cuando sentía que su determinación era desafiada o debilitada. Azrael se sintió obligado por el deber, así como por el amor, a ser la esencia que devolviera la vida a Johanna; en especial porque probablemente sería la última ocasión en la que su esencia tendría permiso para tener contacto con ella, para siempre. No podría haber un gesto de despedida más dulce o apropiado.

✱✱✱✱✱✱✱✱✱✱

De pie, inclinado ligeramente hacia su lado derecho contra el marco interior de la puerta, Azrael miraba hacia el espacio silencioso dentro de la alcoba de Johanna. Los brillantes rayos del sol del mediodía iluminaban cada rincón de la habitación, incluyendo los restos sin vida del cuerpo físico de Johanna, inalterado, tal como había estado cuando su fuerza vital le fue arrebatada violentamente, yacía inocente en su cama.

Azrael pensó para sí mismo: *"Incluso en la muerte y la decadencia, sigue siendo una criatura tremendamente hermosa".*

Finalmente, aceptando y admitiendo plenamente sus sentimientos al respecto, Azrael, por primera vez, se permitió explorar abiertamente la naturaleza de su afecto por la mujer anteriormente mortal que yacía frente a él. Las terribles experiencias que había tenido últimamente le trajeron una poderosa realización: no había nada que debiera temer o necesitara temer, incluido el amor... especialmente el amor. Incluso si eso significaba enfrentar otro castigo cósmico eventual y seguro.

Moviéndose lentamente, pero con un gran sentido de propósito, Azrael dio unos pasos hacia el lado de la cama de Johanna. Después de hacer una breve pausa, se sentó junto a su cuerpo pálido e inmóvil, su mirada nunca se apartó de ella, ni siquiera por un momento. Con su nueva conciencia de confianza, Azrael se sintió fortalecido para extender su mano y acariciar suavemente con la mano derecha de la forma física que asumía los sedosos y largos mechones rubios del cabello de Johanna. La textura despertó en él una sensación eléctrica. Recuerdos, maravillosos destellos de sus breves momentos juntos, inundaron su conciencia. Azrael encontró imposible contener el torrente de lágrimas que primero se acumuló y luego comenzó a rodar por sus mejillas. Sin embargo, estas no eran lágrimas de tristeza. Más bien, eran de tremenda exaltación.

Por un tiempo, Azrael se permitió deleitarse en la libertad que esta rara liberación emocional le proporcionaba a su esencia. El ejercicio de sumergirse en esta efusión de emociones mortales, como recordaba muy bien, era sumamente catártico. Además, ya no tenía sentido contenerse. Si alguna vez hubo una esencia en la Existencia que hubiera ganado el derecho de sentir como lo hace una criatura de carbono, era él. Por lo tanto, disfrutó del momento, empapándose de cada sensación al máximo, ya que no tenía más que tiempo y espacio infinitos para hacerlo ahora.

Cuando llegó al punto en el que sintió que satisfizo lo suficiente a sus tendencias mortales y estaba suficientemente preparado emocional y espiritualmente para continuar con la naturaleza originalmente prevista de la visitación, Azrael se reunió consigo mismo para comenzar el rito sagrado y el ritual de restaurar la energía vital de Johanna al cuerpo terrestre que una vez habitó.

Así comenzó: "Levántate para mí, Johanna; ponte de pie para mí. Soy yo; soy tu siervo; soy Azrael. He venido a ti para purificarte, para limpiarte, para revivirte, para volver a animar tu envoltura mortal. Porque soy Azrael, el vengador de la Existencia. He golpeado por ti a aquel que te hirió; te he vengado, mi querida Johanna, de aquel que te hizo mal. He venido a ti por orden de la Existencia."[55]

Azrael se detuvo solo brevemente antes de retomar una vez más la solemne invocación. "Tu energía te pertenece, tu abundancia te pertenece, tu flujo te pertenece, que emana de la Existencia. Recoge tus huesos; acomoda tus miembros; sacude tu polvo. La tumba está abierta para ti; las puertas de la Vida están una vez más abiertas para ti. Tu alma está nuevamente en tu cuerpo; tu poder está detrás de ti; mantente en control de tus poderes. Levántate, Johanna; sé poderosa sobre los poderes que hay en ti"[56].

Inmediatamente después de pronunciar la última sílaba del ritual, la forma de carbono de Johanna se levantó de repente, primero el pecho fuera de la cama, con la espalda arqueada y la cabeza colgando hacia atrás. Con la boca abierta de par en par, como en una desesperada anticipación por recibir algo, el cuerpo mortal de Johanna jadeó y tembló con ferocidad y profundidad buscando aire, una necesidad vital que le había sido negada durante mucho tiempo. Los primeros alientos fueron convulsivos y violentos. Sin embargo, el cuerpo recién animado de Johanna mostraba claros signos de recuperar gradualmente el control completo de su capacidad para inhalar y exhalar adecuadamente. Aunque, no recuperó la conciencia de inmediato, y quizás era mejor así. Azrael no estaba seguro de cómo manejaría su reencuentro. Por lo tanto, estaba contento de vigilar la frágil condición de su amada mientras tanto.

Capítulo 24

Después de que su fuerza vital y su cuerpo físico se hubieran reunido, la recién revivida forma terrenal de Johanna permaneció inconsciente en su cama durante un tiempo. Azrael no hizo absolutamente ningún esfuerzo por perturbar su descanso. Sabía que eventualmente reviviría por sí misma. Pues, mostraba todos los signos vitales necesarios de un ser mortal con una salud fantástica. En ningún momento Azrael se preocupó por la condición física de esta criatura por la que sentía tanto cariño. Sin embargo, su paciencia fue desafiada, porque a pesar de desear desesperadamente ver a Johanna levantarse nuevamente, se vio obligado a aceptar ciertas realidades sobre la naturaleza de la reanimación. Las cosas necesitaban ocurrir en su propio tiempo.

Azrael encontró cierta diversión en la idea de que, como una esencia celestial acostumbrada a espacios infinitos de tiempo, se comportaba como un niño caprichoso, incapaz de pasar un tiempo relativamente corto sin agitación. Él no iba a ninguna parte pronto, y Johanna tampoco. Al final, Azrael se dio cuenta de que el hecho de tener la oportunidad de volver a ver a esta criatura asombrosa con vida era en sí mismo suficiente bendición. Azrael no volvió a sentir impaciencia nunca más.

Al principio, Azrael eligió quedarse sentado en el borde de la cama, tal como lo había hecho hasta que ella fue reanimada. Sin embargo, eventualmente se trasladó a una silla de madera relativamente endeble y algo inestable, a unos pocos metros al otro lado de la habitación. Allí se sentó, en un silencio absoluto, manteniendo una vigilia diligente e ininterrumpida sobre su amada.

Azrael nunca pudo recordar exactamente cuánto tiempo había pasado, tal vez un día, tal vez dos, o varios, cuando Johanna finalmente recobró el conocimiento. Al final, eso no importaba en absoluto. Lo único que importaba era que ella lo hiciera.

Comenzó con el ocasional e impredecible movimiento espasmódico de un dedo de la mano o un dedo del pie, y un débil gemido gutural. Esto duró un poco de tiempo, intermitentemente. Sin embargo, de manera gradual y con creciente fuerza y vitalidad, comenzó a moverse y dar vueltas inquietamente. Sin la menor vacilación y con gran anticipación, Azrael saltó de la silla y regresó junto al cuerpo de Johanna que estaba despertando. Finalmente, sus párpados se abrieron ligeramente, al principio lentamente, luego se abrieron más, hasta que finalmente estuvieron completamente abiertos y parpadeando. Con las pupilas aún dilatadas y en una neblina de confusión, Johanna permaneció en silencio mirando hacia el techo, con la boca ligeramente entreabierta. A medida que su visión se restablecía, también lo hacía su interés por tomar conciencia de su entorno.

Inicialmente, solo podía inclinar la cabeza de un lado a otro en movimientos lentos y torpes. Cuando eso no satisfizo su desesperación por readaptarse a su entorno inmediato, decidió levantarse de alguna manera.

Los primeros intentos de recoger sus brazos para levantarse fueron frustrantes y sin éxito. Sus brazos, al igual que gran parte de su cuerpo, apenas empezaban a recuperar una mínima sensación. Cuando Johanna finalmente logró apoyarse en los codos y mirar hacia adelante, avanzando lentamente a medida que lo hacía, se encontró de inmediato cara a cara con Azrael, quien, sin querer interrumpir su recuperación, se sentó a su lado esperando pacientemente.

Una mezcla de emociones, que iban desde una

tremenda confusión, cariño, gran preocupación, tristeza, terror, anhelo y alegría, inundó instantáneamente el
corazón y la mente de Johanna en un ciclo continuo. Sin
darse cuenta, su mandíbula se aflojó aún más, abriendo
la boca aún más y revelando su evidente sorpresa. Las
lágrimas comenzaron a acumularse y luego a caer por sus
mejillas todavía ligeramente pálidas, incontrolablemente,
como una respuesta natural a todo lo que estaba pensan-
do y sintiendo. Azrael miró a Johanna con la ternura que
solo proviene de alguien enamorado, y extendió su mano
derecha para limpiar suavemente las lágrimas frescas.

A medida que los dedos de Azrael acariciaban suavemente sus mejillas, Johanna, casi por un instinto dormido,
levantó la mano izquierda y agarró su muñeca con una
fuerza inusual. Tiró de Azrael hacia ella con toda la energía que pudo reunir en ese momento, colocando ambos
brazos alrededor de sus hombros en un abrazo firme pero
amoroso. Azrael inmediatamente correspondió inclinándose y rodeando a Johanna con sus brazos, apretando ligeramente, un poco inseguro de cuán frágil aún podía estar
su condición. Permanecieron unidos como uno solo, sin
tener el menor deseo de soltarse. Si ambos hubieran podido cumplir sus deseos en ese instante, se habrían fusio-
nado en un solo ser y habrían permanecido así por toda
la eternidad.

A pesar de querer quedarse perpetuamente en los

brazos del otro, Johanna y Azrael aceptaron que tampoco era realista. Sabían que en algún momento tendrían que enfrentar la realidad una vez más. Casi al unísono, ambos sintieron que era hora y se separaron lentamente hasta que se miraron nuevamente. Para Johanna, esta era la primera vez desde antes de su fallecimiento prematuro que había podido mirar a este hombre del que estaba locamente enamorada. En los brazos de Azrael, Johanna sentía que sus músculos estaban tensos y rígidos, aún no listos para relajarse. Sin embargo, él también reconocía que eso era de esperarse en alguien que había pasado por tanto trauma como Johanna.

Johanna comprensiblemente tendría cientos de preguntas. No, más precisamente, necesitaría o incluso anhelaría las respuestas a esas preguntas como las criaturas mortales necesitan alimento. Fue casi una sorpresa lo abrumadora que se sintió esa necesidad. Pensamientos, palabras y sentimientos surgieron todos a la vez, compitiendo entre sí por tener prioridad. A pesar de intentar calmarse, al final había poco que pudiera hacer para evitar que todo saliera a borbotones.

En una explosión inesperada y repentina de sonido, Johanna exclamó: "¿¡¿QUÉ HA SUCEDIDO?!!!".

Tan pronto como las palabras salieron de sus labios, se encogió de vergüenza, apartando la mirada de Azrael, sintiéndose extremadamente tonta por lo incómoda que sonó. Sin perturbarse ni preocuparse por cualquier cosa que pudiera decir o hacer, Azrael mantuvo la compostura. Simplemente amplió su sonrisa como respuesta, casi en un esfuerzo instintivo para tranquilizar a Johanna.

Sin embargo, había un obstáculo persistente en la mente de Azrael. El de cómo discutir o explicar mejor las cosas con Johanna y responder a las innumerables preguntas que inevitablemente le lanzaría. Esta era obviamente una experiencia nueva para él, y no esperaba con ansias enfrentarla. *¿Cómo se explica a un ser terrestre como Johanna las cosas necesarias para que ella tenga siquiera una comprensión o aprecio marginal de lo que ocurrió en la Existencia? ¿Es posible que seres imperfectos como ellos puedan comprender en cierta medida la magnitud de los eventos de los que no tienen conciencia? Si la respuesta a esas preguntas fuera un asombroso sí, ¿realmente importaría en última instancia que ella supiera todo lo que había ocurrido? ¿Debería omitir ciertos detalles? Si es así, ¿cuáles? ¿Sería mejor simplificar mi explicación? ¿Debería mentirle para intentar salvarla de una posible angustia y dolor? Si lo hago, lo más probable es que Johanna note mi intención y se sienta herida como resultado.* Al final, Azrael decidió, o más bien se convenció a regañadientes, que lo mejor sería exponerlo todo ante ella y dejar que ocurriera lo que tuviera que ocurrir.

Johanna habló de nuevo. Esta vez, sin embargo, logró

controlar mucho más sus facultades y pudo hablar con cierta compostura. "¿Qué estás haciendo aquí?... Quiero decir... ¿qué pasó? Algo no está bien. O... más bien... mi cabeza... mi cuerpo..." Johanna empezó a mirar a su alrededor, sus ojos se movían rápidamente mientras lo hacía. "Me siento... confundida. No, no confundida... yo..." Bajando la cabeza hacia su pecho ahora, Johanna comenzó a llorar de nuevo y añadió: "¿Qué me pasa? ¿Por qué estás aquí?"

La confusión era intensa y muy real. Azrael podía percibirlo claramente. Aunque había anticipado que evidentemente habría un período de adaptación, en realidad no tenía idea de cuánto tiempo o de lo perturbador que sería, o podría ser, para Johanna, o para el resto de la humanidad. Solo podía esperar lo mejor. Pero al verla emocionalmente incómoda, levantó suavemente su barbilla hasta que su mirada se encontró una vez más con la suya. El gesto tuvo el efecto deseado, porque su ritmo cardíaco disminuyó y dejó de llorar. En su lugar, solo miró a los ojos de Azrael, esperando alguna respuesta que le trajera cierta medida de paz.

El momento había llegado. Azrael no podía posponer lo que esperaba que fuera una conversación extremadamente incómoda y tal vez abrumadora. "Johanna, querida mía, hay cosas... hay cosas que debo compartir contigo. No será fácil para ti escucharlas, y me temo que no tengan mucho sentido. Sin embargo, mereces escucharlas, y solo de mí".

Azrael comenzó preguntándole a Johanna qué recordaba antes de despertar en su cama. La respuesta de Johanna fue, por supuesto, que no podía recordar nada fuera de lo común, solo que había estado en su habitación. Continuando, Azrael informó a Johanna que de hecho había muerto, y luego compartió con ella las terribles circunstancias y eventos que correspondían a por qué había muerto en primer lugar. Johanna, sentada en su cama en completo silencio, asumió la postura de alguien que creía estar lista para asimilar información difícil de aceptar. A pesar de las apariencias, sin embargo, Azrael pudo sentir claramente lo desafiante y desgarrador que era para Johanna aceptar lo que le estaba diciendo. Su cuerpo estaba rígido, tensionado, con cada músculo de su cuerpo contrayéndose nuevamente. Sin embargo, nunca mostró lo incómoda que se sentía ni lo imposible que era creer lo que estaba escuchando, excepto por sus manos que ocasionalmente temblaban. Johanna se sentó valiente y decidida, absolutamente atenta a cada palabra de Azrael.

Tratando de ser lo más detallado y sensible posible, y asumiendo que algunas cosas inevitablemente se dejarían fuera sin intención, Azrael trató de proporcionar un relato preciso y completo. Se aseguró de disculparse por no ser completamente sincero con ella en sus primeras interacciones, pero le aseguró que había razones evidentes para la discreción. Era necesario, por supuesto, revelar quién era él, qué era y cuál era su papel en lo que le había sucedido. Azrael reveló que, aunque una vez fue un ser mortal como ella, ya no lo era más, ahora era un servidor eterno de la Existencia. Esto incluía un intento bastante incómodo y torpe de explicar cómo él, una esencia celestial, podía tomar la forma de una criatura mortal y, por lo tanto, interactuar con otros seres terrestres.[57]

Continuando, tomándolo todo con calma, Johanna, para sorpresa de Azrael, nunca interrumpió ni interjectó por ningún motivo. Él consideró eso como una señal de que simplemente debía seguir adelante. Sin embargo, Azrael no pudo evitar pensar que esto era la calma antes de la tormenta. O que la falta de respuesta era más producto de un shock emocional y espiritual que de cualquier otra cosa.

Cuando llegó a un punto natural de conclusión, Azrael se dirigió a Johanna: "Creo que he hablado lo suficiente. Me haría mucho bien escucharte".

Sin embargo, Johanna no dijo nada. No mostró señales de querer responder en absoluto. En cambio, se volvió para mirar hacia abajo, a su derecha, hacia el desgastado piso de madera. Aparte de algún suspiro ocasional, se mantuvo relativamente en silencio, casi perdida en una especie de ensueño. Luego, de repente, rompió el abrazo que había mantenido con Azrael y comenzó a sacar las piernas de debajo de las sábanas, luchando un poco en el proceso. Cuando Azrael entendió que ella quería levantarse de la cama, se movió hacia el final de la cama para no estorbarla. Johanna, de hecho, se levantó de la cama. Y una vez que lo hizo, lo primero que hizo fue caminar lentamente y con cuidado por unos pasos hasta pararse junto a la ventana, mirando hacia la tenue luz del anochecer. Allí se quedó durante varios minutos, apoyada contra la ventana donde el vidrio se encontraba con el marco, como si algo fuera más fascinante afuera en ese momento que lo que le habían contado, y hubiera captado toda su atención. Azrael no intentó hacer que Johanna hablara. No había necesidad.

"¿Por qué estás aquí?" preguntó de manera abrupta, sin hacer contacto visual.

Azrael quedó bastante sorprendido por la pregunta, de manera comprensible. Si bien esperaba ser cuestionado y estaba incluso preparado para que Johanna expresara algo de enojo, esto no lo anticipaba. Además, no le quedaba claro el contexto en el que Johanna estaba preguntando, por lo que se encontraba luchando por formular una respuesta.

Johanna, impaciente por recibir una respuesta, repitió su pregunta. Volviéndose ahora para mirarlo, preguntó con visible seriedad: "¿Por qué estás aquí?"

No le preguntaba por enojo ni por ninguna otra

razón similar. Para Azrael estaba claro que había algo completamente distinto detrás de sus palabras: angustia, confusión, tristeza.

Intentando comprender el motivo detrás de la pregunta, intentó responder, pero en lugar de compartir lo que realmente sentía, dijo: "Estoy aquí para que te reúnas como Uno, cuerpo y alma. Creía..."

"No, ¿por qué *tú* estás aquí?" interrumpió Johanna, mientras se giraba para mirar por la ventana una vez más. "Hay muchas cosas en todo esto que simplemente están más allá de mí". Hizo un gesto con su mano izquierda, en un patrón ondeante. "Puedo aceptar que tal vez nunca comprenda ni una fracción de lo que escuché. Quizás sea incluso lo mejor así. Pero según me has contado, había innumerables, ¿cómo lo has dicho?, esencias, reviviendo a personas como yo. Cualquiera de ellas podría haber sido asignada a mí. Cualquiera de ellas. Pero elegiste venir tú. No necesitabas quedarte conmigo, pero lo hiciste, de todos modos. En lugar de permitirme vivir en la ignorancia feliz, compartiste todo, sabiendo perfectamente que en su mayoría sería incomprensible para mí. Entonces, vuelvo a preguntar, ¿por qué *tú* has venido?"

Ahora estaba perfectamente claro para Azrael lo que Johanna había querido decir todo el tiempo.

"Has hecho la pregunta equivocada. Creo que quieres saber por qué *sigo* aquí", aclaró Azrael antes de continuar, "Puedo leer lo que hay en tu corazón. Quieres saber si estoy aquí para quedarme o si esta es mi forma de decir adiós. Quieres saber... si este es el adiós final".

Johanna se volvió hacia él y Azrael vio al instante en el brillo húmedo de sus ojos que eso era precisamente lo que ella quería saber. Era imposible evitar que sus propios ojos se llenaran de lágrimas como respuesta. Extendiendo sus brazos hacia ella, Azrael hizo un gesto para que Johanna regresara a la cama y se uniera a él. Ella lo hizo. Él tomó sus manos en las suyas, apretándolas con ternura.

Azrael reflexionó por un momento si tenía el coraje de compartir sus verdaderos sentimientos con Johanna. Al final, y con tremenda aprensión y dificultad, decidió que era mejor ocultar sus verdaderos sentimientos, incluso en ese momento. Razonó consigo mismo que revelar tales sentimientos no serviría más que para llevarla a una completa desolación, y él no podía ni quería ser la causa de romperle el corazón. Además, se dijo a sí mismo que, en un esfuerzo por convencerse de la virtud de su decisión, Johanna ya había percibido la verdad por sí misma. En última instancia, no había posibilidad alguna de que una esencia cósmica como él pudiera permitirse ser feliz de nuevo con una mujer mortal y, por lo tanto, no había motivo para dejarse llevar por una idea tan fantasiosa. Si Johanna fuera sincera consigo misma, también llegaría a la misma conclusión decepcionante, pero inevitable.

"Ahora que sabes quién y qué soy, también sabes que no puedo quedarme en el reino mortal, y mucho menos permanecer contigo por mucho tiempo", dijo Azrael.

Johanna miró profundamente sus ojos, como si intencionalmente quisiera robar unos momentos más con él, luego asintió con la cabeza, demostrando que sí, decepcionada y desafortunada, entendía. El hecho de que comprendiera no significaba que no estuviera dolorosamente deprimida por la idea de que esta sería su última vez juntos. Y no evitó que las lágrimas fluyeran incontrolablemente. Era dolorosamente claro para Azrael que debía partir pronto, para no prolongar la angustia que ambos sentían o sentirían.

"Johanna, mi amada, si puedo llamarte así, desearía que las circunstancias entre nosotros fueran diferentes. Mi existencia debe ser de soledad, atrapada para siempre a las cadenas del vacío. Sin embargo, ten por seguro que velaré por ti y nunca serás olvidada, jamás. Búscame en tus sueños, donde siempre estaremos juntos[58]. Y cuando llegue el fatídico momento en que tu hoja caiga del Árbol de la Vida, estaré allí para recogerla. Seré yo quien esté a tu lado, listo para guiarte personalmente de regreso a casa", concluyó Azrael.

En ese momento, Johanna estaba fuera de sí, casi convulsionando de tanto llorar y al mismo tiempo jadeando por aire. Extendiendo ambas manos y acariciando suavemente las mejillas de Johanna, Azrael se acercó más. Sus espasmos lacrimosos comenzaron a disminuir lentamente, hasta que solo quedó un ocasional sollozo. Luego ella correspondió al gesto tomando a Azrael por las mejillas. Conectados en una mirada imperturbable y atraídos por un magnetismo poderoso, Azrael y Johanna finalmente se unieron en armonía, sellando sus labios en un beso apasionado. La energía cruda que emanaba del contacto entre estos dos era insondable. Nunca hubo ni habrá un beso que iguale su pura intensidad.

Aunque, y para la suprema decepción de ambos, no podía durar. Cuando finalmente se separaron, Azrael simplemente se quedó parado, miró hacia abajo con una sonrisa incómoda por un último segundo y luego partió rápidamente, dejando a Johanna completamente sola en su alcoba enfrentando la inevitable y tumultuosa angustia del corazón.

59

"No hay hombre que viva y, al ver al ángel de la muerte, pueda liberar su alma de su mano."

Salmo 89, Versículo 45

Capítulo 25

Nunca antes en todo el espacio y tiempo de la Existencia se habían reunido tantas esencias eternas en una única singularidad. Sin embargo, las circunstancias eran de una magnitud cósmica tal que no había ninguna forma de energía u organismo terrestre que no se viera afectado hasta la médula por la Gran Guerra por la Existencia, como se le conocería. Los efectos perniciosos se sentirían en ciclos de vida inauditos aún por venir. Cada esencia cósmica que no fue eliminada en la horrenda prueba se aseguró de estar presente en los procedimientos contra Samael y su séquito de oscuridad.

Hubo una excepción, alguien que eligió permanecer completamente ausente: Azrael. Para él, los procedimientos no tenían ningún valor o importancia. Como esencia, él ya había hecho las paces desde hace mucho tiempo con los terribles eventos y circunstancias en los que estaba involucrado por destino.

El Consejo de los Serafines tenía la desagradable tarea de lidiar con la justicia galáctica y aplicarla a estas diversas esencias, aunque no faltaba la anticipación de cuáles serían los fallos finales. Las Keres y las demás formas de energía demoníaca que los seguidores de Samael habían adoptado fueron llevadas primero ante el Consejo para su juicio y sentencia. No era una audiencia. No era el tribunal que se encuentra entre algunas criaturas terrestres donde se busca la verdad. Las acciones de Samael y sus hordas de mal estaban y están registradas eternamente y, por lo tanto, no había ni una pizca de duda. Solo hubo una proclamación de culpabilidad junto con una declaración de castigo.

Para las multitudes de seres celestiales de energía que observaban, no había absolutamente ninguna satisfacción en el juicio mismo. Sin embargo, no estaban presentes simplemente para satisfacer un capricho fantasioso de venganza definitiva. Más bien, estaban allí debido a un abrumador llamado de solidaridad con la Existencia, a la cual servían fiel e inquebrantablemente.

Al final, el Gran Consejo emitió el decreto de eliminar para siempre todas las esencias retorcidas que habían

estado al servicio de Samael, eliminándolas permanentemente de la Creación. No hubo una respuesta colectiva de
las firmas de energía presentes. El resultado fue, aunque
justo, igualmente trágico. La erradicación de una parte de
la Creación nunca fue, bajo ninguna circunstancia, una
conclusión deseable.

Sin embargo, aún faltaba comenzar el dictamen de
importancia primordial. Samael eventualmente se encontraría con su destino final.

✸✸✸✸✸✸✸✸✸✸

"Presentadlo ante este consejo", pronunció el sagrado Consejo de los Serafines.

De repente, hubo lo que solo podría describirse
como un silencio colectivo en el Plano Etéreo mientras
las esencias reunidas esperaban con anticipación que la
esencia conocida como Samael fuera presentada. Cuando
Samael se acercó, no intentó expresarse ni protestar. En su
lugar, hizo todo lo posible por presentarse como una esencia digna. Los miembros sagrados del Consejo de los Serafines permitieron un breve momento, esperando algo de
él. Pero solo hubo silencio, y así continuó el gran cuerpo.

*"Sabes por qué has sido presentado ante este gran
Consejo",* dijo el Consejo al unísono. *"¿Qué tienes que decir
al respecto?"*

Aún no salió nada de Samael, excepto una obstinación completa, desafiante hasta el final.

"Entonces..." continuó el Consejo cuando fue interrumpido repentinamente.

Samael finalmente habló en su propio nombre. "Me he opuesto y sigo oponiéndome a la tiranía que representa este Consejo." Esperando alguna clase de respuesta por parte del Consejo de los Serafines, o cualquiera de las muchas energías presentes, Samael hizo una pausa. Pero el Consejo permaneció impasible e inmóvil, sin dignificar sus comentarios con una respuesta.

Decidido a provocar alguna reacción, Samael continuó: "Durante mi tiempo como ser de carbono, viví de acuerdo con todos los principios y preceptos más justos de mi pueblo. Mi existencia fue digna de ser recordada y celebrada. ¿Cómo fue recompensada mi energía tras el fallecimiento de esa envoltura mortal? Fui condenado por toda la eternidad como el esclavo de las almas más malvadas y repugnantes de la Existencia, el compañero final del más despreciado del Universo. Por otro lado, a Azrael, una esencia que alguna vez traicionó su sagrado deber y fue castigada por este mismo consejo por su desobediencia, se le encomendó guiar las energías más brillantes. ¿Cómo justifica este cuerpo tal situación?"

Cuando el Consejo de los Serafines percibió que Samael había terminado momentáneamente su discurso egocéntrico, respondió, aunque tal vez no de la manera que Samael esperaba. *"Toda energía está destinada al servicio de la Existencia. No es cuestión de cuestionar o justificar lo que es. La Existencia fue, es y siempre será"*.

Furioso por la respuesta enigmática, Samael se enfureció. "Pronuncia entonces la sentencia. ¡Espero mi destino con entusiasmo exuberante!"

"Así debe ser", comenzó a proclamar el Consejo. *"Samael, Hijo de la Existencia, por tus acciones imprudentes y desorientadas, tu castigo será que vuelvas a tu antiguo llamado celestial, para servir al Cosmos una vez más y por la eternidad, y hacerlo eternamente miserable y lleno de odio hacia ti mismo si así se elige"*.

Samael estaba completamente sorprendido. Este no era el resultado que esperaba. Verdaderamente deseaba, por encima de todas las cosas, que su firma energética fuera eliminada de la Existencia de una vez por todas y así poner fin al sufrimiento injustificado que creía suyo. En cambio, su esencia estaba siendo forzada por los Destinos a enfrentar una vez más la oscuridad misma en su interior. ¿Había entendido mal... era eso posible? ¿Era él de hecho la pieza crítica? La energía de su esencia era el contrapeso, el péndulo que proverbialmente oscilaba hacia atrás. Él era el Equilibrio.

"Así, se restablece la Armonía y el Equilibrio. Misericordiosos son los Destinos."

Capítulo 26

Después de determinar la resolución final del asunto sobre el destino de Samael, aún quedaba un último pronunciamiento que el Consejo de los Serafines debía hacer: cómo Azrael debería ser debidamente reconocido por su papel en proteger la Existencia de la aniquilación. El sagrado cuerpo reconoció que Azrael nunca buscaría ningún tipo de elogio para sí mismo. Simplemente no estaba en su naturaleza hacerlo. No obstante, el Consejo sentía firmemente que Azrael merecía algo por su tremenda devoción, y sabía exactamente cómo honrarlo.

✶✶✶✶✶✶✶✶✶

Azrael fue convocado finalmente ante el Consejo de los

Serafines. Él no sabía el por qué, aunque supuso que estaba relacionado con el juicio y sentencia de Samael. No creía que el Consejo intentara justificarse. Estaba por encima de esas trivialidades. Aun así, tal vez buscaba alguna reacción de su parte en alguna forma. De cualquier manera, resolvió que no tenía opinión ni conocimiento sobre el asunto. El destino de Samael era suyo, mientras que él, Azrael, tenía que aceptar el suyo propio.

Cuando Azrael apareció ante el Consejo de la Luz, su esencia ya era esperada ansiosamente. *"Azrael, Hijo de la Existencia, Leal Siervo de la Eternidad, tu presencia honra a este consejo"*, comenzó el Consejo de los Serafines.

"Soy yo quien está honrado; honrado de ser convocado por Ustedes", respondió Azrael.

"¿Conoces la razón por la cual se ha solicitado tu presencia ante este cuerpo?" preguntó el Consejo.

"Lamentablemente, desconozco tales cosas. No obstante, soy eternamente vuestro humilde siervo. Solo tenéis que pedir...". Azrael casi terminó de hablar antes de ser interrumpido.

"No... no... este Consejo no busca nada de ti. Al contrario. Aquello que buscas te será otorgado de ahora en adelante. Tu destino aún no te ha sido revelado", interrumpió el Consejo de los Serafines.

"¿Mi destino? No entiendo. Por favor, perdonad mi ignorancia, pero no busco nada. Especialmente de este grandioso consejo".

"No, pero hay algo que buscas, pero no te atreves a mencionarlo. El Registro Etéreo tiene una historia diferente desarrollándose para ti, dulce Azrael. Tu camino siempre estuvo destinado, parece, a ser diferente. Adelante... tu destino aún está ante ti, esperando ser declarado. Paz y amor para todos tus días", fue lo último que el Consejo de los Serafines comunicó a la esencia de Azrael... para siempre.

Capítulo 27

La vida eventualmente, y de manera bastante inevitable, volvió a una especie de normalidad, al menos en apariencia externa para los no iniciados. Las criaturas y creaciones mortales, en todas sus infinitas cantidades, formas y tipos, en cada dimensión del tiempo y el espacio, se comportaron tal como se esperaba de ellas, sin tener siquiera la más mínima inclinación hacia la naturaleza de los eventos que casi pusieron fin abruptamente a su realidad. Todos, excepto una.

✶✶✶✶✶✶✶✶✶✶

A petición suya, y en contra de su mejor juicio, Azrael

permitió que Johanna retuviera un recuerdo completo y sin filtrar de cada memoria y sentimiento. Ella prácticamente suplicó a Azrael que le concediera este deseo antes de separarse por última vez. Tal vez fuera una maldición, tal vez una bendición, tal vez ambas cosas y tal vez nada en absoluto. *Solo el tiempo lo dirá*, repetía Johanna para sí misma, en gran parte para convencerse a sí misma más que cualquier otra cosa.

En las horas y los primeros días después de la despedida final de Azrael, Johanna intentó desesperadamente volver a sus rutinas anteriores, aunque fuera para cumplir su parte en la gran ilusión de que la vida seguía avanzando como siempre lo había hecho. Sin embargo, cada movimiento: parpadear, respirar, caminar, era un suplicio total para Johanna. Constantemente se sorprendía divagando en pensamientos y sentimientos, solo para tener que arrastrarse de vuelta a la realidad del presente. La realidad de que nunca volvería a relacionarse con nadie ni confiar en ellos cuando los sentimientos internos se volvieran insoportables, ni siquiera con sus padres, y que debía aceptar su desamor por el resto de su vida. A pesar de lo abrumadoras que eran estas emociones para ella, a menudo, parecía que estallaban, Johanna no lo cambiaría por nada. Las emociones crudas eran la carga que debía soportar si quería tener algún recuerdo duradero de la energía que una vez conectó a Azrael con ella. Y ella haría la misma elección entusiastamente una y otra vez, hasta el fin de sus días.

✶✶✶✶✶✶✶✶✶

Los ruidos eran todos iguales. Los olores eran todos iguales. Las multitudes y el bullicio eran todos iguales. Todas las sensaciones de trabajar en el café de sus padres eran exactamente las mismas que siempre habían sido, y probablemente siempre lo serían. Una mañana, Johanna se encontró a sí misma deseando, incluso forzándose, a través de sus tareas y deberes diarios. Sentía como si su alma y su cuerpo actuaran en oposición entre sí; el cuerpo realizando las tareas mecánicas esperadas de una entidad ignorante atrapada físicamente, mientras su corazón y su mente observaban su cuerpo, decepcionados... incluso avergonzados. Sin embargo, Johanna continuó con su trabajo.

Mientras limpiaba una de las mesas pequeñas que se encontraban un poco apartadas del café, en la plaza del mercado, Johanna sintió una sensación repentina y abrumadora. Al principio, no estaba segura de qué exactamente estaba experimentando. Una serie de emociones y pensamientos pasaron rápidamente y desorganizados por ella mientras intentaba reconocer la causa de esta avalancha de sentimientos. Luego, como una descarga eléctrica a lo largo de toda su columna vertebral, tuvo una idea muy clara de que la estaban observando; que había un par de ojos sobre ella en ese mismo momento. Y había algo increíblemente poderoso, benévolo y cálidamente familiar con esta nueva revelación. La insistencia de mirar hacia arriba era abrumadora y bastante eufórica.

"¡Mi amor!" una voz suave la llamó. "¡Mi amor!"

Permaneciendo congelada en su lugar, como lo había estado exactamente cuando fue superada por esta sensación abrumadora, aún en el movimiento de ordenar la mesa, Johanna gradualmente, y con mucha cautela, levantó su cabeza apenas un poco hacia la izquierda, para enfrentar la amplitud de la plaza del mercado, eligiendo cerrar los ojos por nerviosismo al hacerlo.

Comenzando a respirar bastante agitada, el cuerpo de Johanna permaneció inmóvil, y sus ojos permanecieron cerrados durante varios momentos. Luego la suave voz volvió a hablar. "¡Mi amor!"

Finalmente, Johanna reunió la suficiente determinación para abrir los párpados de sus ojos, aunque lo hizo extremadamente despacio, milímetros a la vez. Una vez que sus ojos estuvieron completamente abiertos, su visión permaneció relativamente desenfocada y necesitó una fracción de segundo para ajustarse. No obstante, cuando su vista se recuperó y pudo ver claramente hacia la plaza, el corazón de Johanna se detuvo al instante, sorprendida, seguido por el aire en sus pulmones siendo succionado a través de su boca abierta. Al mismo tiempo, su rostro se sonrojó de un rosa brillante y sus ojos se llenaron de lágrimas antes de que finalmente cascadas de lágrimas recorrieran sus mejillas.

Aunque ciertamente pareció una eternidad, Johanna finalmente recuperó el control total de sus facultades, lo suficiente como para volver a respirar, comenzando posteriormente con una inhalación desesperada de aire, junto con una serie de respiraciones convulsivas.

Entre la multitud bulliciosa de mercaderes que gritaban y aldeanos regateadores, se encontraba la causa de la abrumadora sorpresa de Johanna. Allí, a no más de treinta metros de distancia, observando y sonriendo ampliamente hacia ella como si no hubiera nada ni nadie más a la vista, estaba una cara conocida. Su forma física era la misma que había asumido todas esas veces mientras estaba en el plano terrestre: el joven del que Johanna se había enamorado profundamente y que, a su vez, se había enamorado de ella.

Esto no puede ser... ¡esto simplemente no puede ser! pensó Johanna para sí misma, aun respirando con dificultad, su corazón latiendo fuertemente en su pecho.

Johanna deseaba desesperadamente estar equivocada, pero le resultaba difícil apartar los sentimientos de incredulidad. Esta visión de Azrael ante ella podría, conjeturaba, ser fácilmente, y probablemente lo era, nada más que una poderosa ilusión, una simple manifestación de su intensa pena y su estado emocional hiperactivo.

"Eres una chica tonta y necia", se dijo a sí misma, casi enfadada consigo misma por sucumbir a lo que, en ese momento, solo podía percibir como debilidad, debilidad provocada, por supuesto, por su estado emocional elevado.

Pero entonces ocurrió algo bastante inesperado. La imagen de Azrael frente a ella comenzó a moverse, a dar pasos lentos y firmes hacia ella, manteniendo su mirada en ella en cada uno de esos pasos. Algunos de los síntomas de shock que había sentido anteriormente volvieron de nuevo, ya que Johanna se enfrentaba a la posibilidad muy real de que no era tan ingenua después de todo. A medida que la figura de Azrael se acercaba, Johanna se vio golpeada por la intensidad de darse cuenta por primera vez desde que lo percibió que, de alguna manera, a pesar de que le habían dicho de manera inequívoca la completa imposibilidad de ello, su amor eterno le había sido devuelto. Resultó que estaban destinados el uno para el otro. Por instinto, solo había una cosa que Johanna podía hacer, solo una cosa que ella quería hacer, y eso era dejarlo todo y correr hacia su amor.

Johanna hizo exactamente eso. Sin dudarlo un momento, dejó caer torpemente el trapo húmedo y la taza y platillo sucios que tenía en las manos sobre la mesa que

había estado limpiando, y de inmediato volteó hacia Azrael y comenzó a correr con toda la velocidad que pudo
reunir humanamente hacia él. Una vez más, lágrimas cálidas comenzaron a deslizarse por sus mejillas sonrojadas,
aunque estas eran lágrimas de una inmensa alegría ine-
narrable.

Sólo le llevó un par de segundos a Johanna llegar a
Azrael y, al hacerlo, él extendió casualmente sus brazos en
anticipación del abrazo obvio que seguiría. Cuando finalmente llegó, Johanna no saltó a los brazos esperanzados de
Azrael tanto como chocó con ellos. Como dos estrellas que
colisionan entre sí, el abrazo y el beso resultantes fueron
positivamente nucleares. Si la energía mutua producida
por el abrazo pudiera ser visible, habría sido magnífico
presenciarlo. Los dos amantes deslumbrados permanecieron unidos durante un tiempo, sin ninguna intención
de soltarse, resueltos, más bien, a fundirse en una sola entidad con su tremenda pasión. No era necesario pronunciar palabras habladas, ya que cada sentimiento, emoción o
pensamiento se transmitía suficientemente con ese abrazo.

✱✱✱✱✱✱✱✱✱✱

Algunos transeúntes se percataron brevemente y de
manera casual de la pareja, pero nadie tenía el contexto
adecuado para comprender la importancia del momento y,
por lo tanto, permitieron que la escena que presenciaron

se desvaneciera rápidamente de sus pensamientos mientras seguían con sus ocupaciones.

Y así, la historia concluye, tal como ocurrió, desapercibida... quizás como debería ser.

"La vida es solo un préstamo para el hombre; la muerte es el acreedor que algún día lo reclamará."

Dichos Proverbiales y Tradiciones, pág. 341[60]

Epílogo

El aire está inusualmente cálido y pesado a pesar de una ligera brisa que se mueve constantemente desde el noreste. El único sonido reconocible de vida es el de un pequeño pájaro solitario, saltando rápidamente de rama en rama dentro de un alto y maduro árbol de abedul, ocasionalmente gorjeando mientras salta. Como si estuviera impacientemente anticipando algo, el pájaro de vez en cuando lanza una mirada hacia el horizonte en el este, esperando algo.

Esta humilde y simple manifestación de la Creación es, y siempre será, completamente inconsciente de las trágicas circunstancias que se abatieron sobre la Existencia, amenazando su propia realidad. Su existencia será ig-

norante, pero en última instancia pacífica en esa ignorancia.

De repente, la atención del pájaro es capturada, aunque permanece enfocado hacia el este, sin mostrar signos
discernibles de ajustar su mirada, excepto ocasionalmente
un movimiento aleatorio de cabeza hacia un lado. Lentamente, muy lentamente, un cambio ha comenzado en la
línea del horizonte, un cambio que el pájaro claramente
esperaba. Los rayos más tenues de luminosidad están apa-
reciendo gradualmente. Los signos iniciales del recién na-
cido sol que se eleva seguirán siendo nada más que un
brillo anaranjado opaco durante algún tiempo antes de
que la brillantez de la corona asome tímidamente desde detrás del horizonte. Siguiendo con la mirada hacia la
luz del amanecer, el pájaro permanecía inmóvil, dichoso,
como si instintivamente se alimentara directamente de las
cada vez más poderosas olas de luz.

La Existencia fue, es y siempre será. La Creación fue,
es y siempre será. El ciclo de la vida continúa eternamente
con la llegada del amanecer, de la Luz.

Referencias

* (Arte de la Portada), Encontrado en *L'Atmosphère: Météorologie Populaire* de Camille Flammarion, por un artista anónimo, [1888].

1 Ilustración en el *Dictionnaire Infernal* de Jacques Collin de Plancy, por Louis le Breton, [1863].

2 *Archangel Azrael: Words of Comfort, Wisdom and Illumination*, por Dawn Marshall, [2010], autopublicado.

3 Keres: Según Theoi.com, las Keres son los espíritus de demonios femeninos responsables de devorar las almas que perecieron de manera desfavorable. También se hace referencia a las Keres como seres que llevan consigo las almas condenadas al infierno. Las Keres también son conocidas como los Servidores de Samael.

4 Azrael: Según fuentes antiguas, Azrael es comúnmente conocido como el Ángel de la Muerte, una figura encargada de guiar las almas de la humanidad hacia la vida después de la muerte. Aunque existe cierta controversia

sobre si este ser acompaña a todas las almas fallecidas hacia la vida después de la muerte o solo a las justas, se le encomienda la tarea de escoltar las almas que han dejado este mundo mortal de regreso a los orígenes de la creación.

5 *Our Name is Melancholy: The Complete Books of Azrael,* por Leilah Wendell, [2002], Westgate Press.

6 *Studies in Islamic Mysticism,* por Reynold A. Nicholson, [1921], encontrado en sacred-texts.com.

7 *Folk-lore of the Holy Land: Moslem, Christian, and Jewish,* por J.E. Hanauer, [1907], encontrado en sacred-texts.com.

8 *"Hortus deliciarum",* por Herrad von Landsberg, [1196].

9 *The Seven Evil Spirits,* traducido por R.C. Thompson, [1903], encontrado en http://www.sacred-texts.com/ane/seven.htm.

10 Malak al-Mawt es uno de los muchos títulos asociados a Azrael en la tradición islámica, https://en.wikipedia.org/wiki/Azrael.

11 En varias mitologías sobre Azrael, se le describe como teniendo cuatro mil alas, setenta mil pies y tantos ojos y lenguas como seres mortales existen, http://www.angelfire.com/de/poetry/Whoswho/Azrael.html.

12 En la mitología griega, Tánatos es el ángel de la muerte y generalmente se asocia con Azrael en otras tradiciones, https://espressocomsaudade.wordpress.com/2014/08/05/honest-mythislamic-azrael/.

13 *Fictitious & Symbolic Creatures In Art, With Special Reference to Their Use In British Heraldry,* por John Vinycomb, [1906], encontrado en www.sacred-texts.com.

14 *Kabbalah Denudata: The Kabbalah Unveiled,* traducido por S.L. Macgregor Mathers, [1912], encontrado en www.sacred-texts.com.

15 Según algunas historias transmitidas sobre Azrael, se menciona que alguna vez fue un ser mortal que se llamaba Azra, y cuando fue ordenado para servir como un ángel de la muerte, recibió el honorífico de su nombre, Azrael, https://espressocomsaudade.wordpress.com/2014/08/05/honest-mythislamic-azrael/.

16 britannica.com/topic/Azrael

17 britannica.com/topic/Azrael

18 http://www.angelfire.com/de/poetry/Whoswho/Azrael.html

19 britannica.com/topic/Azrael

20 https://en.wikipedia.org/wiki/Azrael

21 Samael se refiere tradicionalmente como un arcángel malévolo y, en general, una fuente de gran maldad en la literatura de las cosmologías talmúdicas, https://en.wikipedia.org/wiki/Samael.

22 Los Grigori tienen la autoridad para investigar las Perturbaciones Etéreas dejadas por los mortales fallecidos con el propósito de interpretar sus Ecos allí presentes, www.amadan.org/Innomine/Azrael.htm.

23 Los Mercurianos tienen el poder de identificar la identidad de un alma fallecida, www.amadan.org/Innomine/Azrael.htm.

24 The Knight of the Tower from Geoffroy de La Tour Landry's Examples of God-Forcht and Inheritability, or the Mirror of Virtue", por Michael Furter, [1513]

25 *The Kebra Nagast*, por E.A. Wallis Budge, [1932], encontrado en sacred-texts.com.

26 https://en.wikipedia.org/wiki/Keres

27 "Tenebrae" es el término latino a veces utilizado para referirse a las Keres en la mitología griega.

28 *"Angel Of Death", para Mortilogus* por Conrad Reiter, [1508].

29 *Folk-lore of the Holy Land, Moslem, Christian and Jewish*, by J. E. Hanauer, [1907], found at sacred-texts.com.

30 El "Consejo de los Serafines" fue, es y será el cuerpo de entidades eternas que vigilan la Existencia. Azrael y Samael están entre los muchos seres cósmicos que fueron, son y serán ordenados para servir al Consejo de los Serafines de alguna manera, http://www.amadan.org/Innomine/Azrael.htm.

31 www.amadan.org/Innomine/Azrael.htm

32 www.amadan.org/Innomine/Azrael.htm

33 https://espressocomsaudade.wordpress.com/2014/08/05/honest-mythislamic-azrael/

35 www.amadan.org/Innomine/Azrael.htm

36 *"Ars Moriendi"*, artista desconocido, [Siglo XV].

37 *Orpheus, Myths of the World*, por Padraic Colum, [1930], encontrado en www.saced-texts.com.

38 Entre los varios títulos alternativos asociados con Samael en diversas tradiciones, se encuentran "el destructor" o Mashhit, "el acusador", Satanás y "la severidad de Dios", https://en.wikipedia.org/wiki/Samael.

39 *Chronicles of Jerahmeel*, por M. Gaster [1899], encontrado en www.sacred-texts.com.

40 https://en.wikipedia.org/wiki/Dumah

41 *The Book of Ceremonial Magic*, por Arthur Edward Waite, [1913], encontrado en www.sacred-texts.com.

42 Una de las traducciones de Samael al inglés es "veneno de Dios", https://en.wikipedia.org/wiki/Samael.

43 britannica.com/topic/Azrael

44 www.amadan.org/Innomine/Azrael.htm

45 *The Forgotten Books of Eden*, por Rutherford H. Platt, Jr., [1926], encontrado en www.sacred-texts.com.

46 www.amadan.org/Innomine/Azrael.htm

47 *From Bible Pictures and What They Teach Us*, por

Charles Foster, [1914], A.J. Holmon Co, encontrado en www.sacred-texts.com.

48 *Arabian Nights, the Marvels and Wonders of the Thousand and One Nights, adapted from Richard F. Burton's Unexpurgated Translation*, por Jack Zipes, [1991], Penguin Books, encontrado en www.sacred-texts.com.

49 La resurrección es un concepto ampliamente malentendido. La mayoría de las personas tienen, en su mayoría, una percepción judeocristiana. Esa creencia sigue generalmente que las almas de los seres considerados justos por Dios o la figura de Cristo, en la Segunda Venida, se reunirán con su cuerpo físico en su forma perfecta. Sin embargo, esto es una idea errónea, una corrupción de la verdad con el tiempo. La resurrección es el sacramento supremo al que se somete un ser mortal, una entidad corpórea que ya no está vinculada a los ciclos de la reencarnación. La Energía de la Vida de aquellas entidades que se consideran justas se traduce, al morir el mortal, en una forma cósmica, una forma ordenada al servicio de la Existencia por la Eternidad.

50 Para *The soul bird in the old literature and art. A mythological-archaeological investigation* por Georg Weicker, [1902].

51 *The Appointment in Samarra, según lo relatado* por W. Somerset Maugham, [1933].

52 El natrón es una mezcla de carbonato de sodio decahidratado, bicarbonato de sodio y pequeñas trazas de cloruro de sodio y sulfato de sodio. El natrón está tradicionalmente asociado con el proceso de momificación del antiguo Egipto, https://en.wikipedia.org/wiki/Natron.

53 Un "cielocortante" es, según varias mitologías, un gran hacha de mano con hoja de obsidiana que podía dividir cualquier cosa, ya sea física o no, https://forgotten-

realms.fandom.com/wiki/Sky_Cleaver#:~:text=Sky%20 Cleaver%20was%20a%20massive,carved%20images%20 of%20the%20gods.

54 *The Book of the Dead*, traducido por E.A. Wallis Budge, [1895].

55 *The Pyramid Texts*, traducido por Samuel A.B. Mercer, [1952], encontrado en https://www.sacred-texts.com.

56 *The Pyramid Texts*, translated by Samuel A.B. Mercer, [1952], found at https://www.sacred-texts.com

57 Según el maestro sufí Al-Jili, Azrael se manifiesta ante el alma en una forma proporcionada por sus metáforas más poderosas, https://en.wikipedia.org/wiki/Azrael.

58 *The Messages of Azrael: The Archangel's Teachings on Death, Dying and Living Well*, por Catherine Morgan, [2008], Guiding Light Publications.

59 *"Dance of Death"*, por Hans Holbein the Younger, [1538]

60 *Hebraic Literature, Translations from the Talmud Midrashim and Kabbala*, por Maurice H. Harris, [1901], encontrado en www.sacred-texts.com.